NEW TIMES

TEN STORIES
OF LOVE, ADVENTURE AND OCCASIONAL
HYPOCRISY

John Kalish

5 December 2023

Dedication

To Doc and Bill, friends and mentors both.
Enjoy a few laughs, wherever you are now.

*To Helen,
with best wishes for a few
enjoyable minutes of reading*

Foreword

Most of these stories have been written over the past 20 years, some in English and others in French, depending on the inspiration. This book owes its existence to the encouragement of several people. Bill Roth, friend since childhood, encouraged me to write for years. Adrienne Delcroix, Brussels artist and friend for many years, read most of these stories, offered many useful suggestions as well as correcting the French versions. Her son-in-law, Daniel Berteaux, also helped with the French text.

Then there is my former English teacher, patient friend and mentor Clarence "Doc" Wible. Doc introduced me to blues and jazz, canoeing in the Canadian wilderness, and lastly the wonders of the Oregon High Desert, all the while tending the flame of literature and writing. Finally, Mike Stevens, who shared many ocean races with me, not only designed this book, but assured its production.

John Kalish

Brussels, October 2022

Table of Contents

The Art Collector

Among today's prominent collectors of contemporary and modern art, I am probably the least well known. From early childhood, a natural timidity has led me to prefer discretion; this is surely why, with the exception of several major dealers and handful of artists, few know of my interest in art. Certain reflections concerning my career as a collector compel me to recount this very personal story.

At the age of 23, I had the good luck to inherit a small fortune from my maternal grandfather, a connoisseur of the arts himself, yet far better known for his long list of scandalous affairs with the cream of the haute bourgeoisie. In his testament he encouraged me to cultivate my interest in art, and I did not hesitate to follow his advice. I was measurably assisted by my own success in business. From the age of 35, I have had the opportunity to freely pursue my two great passions: art and my family.

If my interest for the visual arts probably comes from my mother and my maternal grandfather, my taste and certainly my confidence to select a work of art are mainly due to the great love of my life, Madame G. It is she who truly taught me love, and it is love, after all, which liberates our spirit. Confidence demands a liberated spirit.

When I am interested in a painting or sculpture, Madame G arranges to see it, one way or the other at a dealer's or a gallery, or she visits the artist's studio. Sometimes she goes with her husband, a collector of contemporary art himself. If she thinks that the work is destined for my collection, she doesn't hesitate to discourage any interest on the part of her husband. It's rare that she and I don't completely agree.

Madame G also advised me on the design of the annex which I built on my property to house my collection. It is here that we are always faithful to our enjoyable custom of sharing intimacy in the presence of each new acquisition.

As with many other collectors, I suppose, my appreciation of art had to confront the reality that I myself have no talent. I would have liked to paint or sculpt, even with modest skill, but all my efforts sadly failed. This is probably why I have cultivated contacts, even friendships, with artists, though I know that for their part any friendship is often associated with the way I spend my fortune. If you say that there is some hypocrisy on both sides, I will accept your observation.

Everyone knows that the laws of supply and demand apply just as well for works of art, and as soon as a good artist dies the value of his work increases, sometimes quite spectacularly. I well remember the first time I personally observed this phenomenon. Over several years I had purchased almost a dozen paintings by an American artist. He was fairly young – barely 40 – but he was depressive and one day he was found dead in his studio, the victim of an overdose. In the months that followed, the value of his paintings more than doubled, even tripled, and within the year one of my main dealers bought two of his paintings from me for more than I had paid for my entire collection of this artist's work. I was amazed.

At the same time, I was seized by an unsettling reflection: if this poor man had hung on for another week or month would he have perhaps created his greatest work? And would this beautiful painting now be in my collection?

Perhaps you can imagine the continuation of this story. He was a French painter well respected for his large abstract works. I had known him about 15 years and during this time I had bought quite a few of his canvases.

I got along well with him even if the hypocrisy to which I referred earlier affected our relationship. I usually visited him several times a year, often accompanied by Madame G. She also visited his studio with her husband. I knew that he considered me inferior to him and to artists in general. He let me know that my principal motivation was material, and therefore my capacity to appreciate his work was limited.

What annoyed me more, however, was his suggestion – always expressed obliquely – that Madame G's affection for me was also essentially based on material considerations. I could read in his face: "Otherwise, how could such a beautiful woman love you?" He demanded that I recognize his passion for art, but he wouldn't deign to respect Madame G's passion for me, the man who had liberated her with his love. And, of course, he suggested with sideways smiles that my love for her was motivated by her beauty and her sexuality, which she displayed without affectation.

"I'd like to get to know Madame G better," he said to me one evening in his studio. "Would it bother you if I called her up?" Despite our discretion, he knew we were lovers. He had invited me that evening to see two new paintings and, as is my custom, I had gone over right after our family dinner.

"I will not answer such a question."

"Hey, don't be angry, my friend. I was just joking."

He often tried to annoy me before discussing the price of a painting. He'd say: "What's it to you? It doesn't matter what you pay me. As soon as I die, you'll make a fortune." He never succeeded, of course, and that bothered him. I may not be able to paint, but I know how to negotiate, certainly with artists. This evening, however, he had persuaded himself that Madame G should naturally desire him because he was an artist and creative, while I, on the other hand, represented only the disgusting forces of materialism. He was very confident. "It's logical, my friend," his face seemed to express, "because beauty is always connected to creativity, attracted to art and artists." I smiled. In his arrogance, he had not grasped that true beauty is that of the spirit. Madame G was indifferent to the slightest material consideration.

It was hot and humid in his Paris studio that late-July evening. He had opened the wide doors which gave onto a narrow balcony overlooking the interior courtyard of the building. He went to the balcony and leaned on the waist-high wrought iron railing, where he lit a cigarette and stared into the darkness. Without looking back towards me, he relaunched his theme: "Well… me and Madame G What do you think?"

I approached him slowly and on the way I picked up the wine bottle which we had emptied that evening. The bottle didn't break when I hit him. He fell over the railing and down the four floors to the courtyard below. The impact of his body was muffled by the rock music coming from the open window of one of the second-floor neighbors.

The artist's diary was open on his desk and I looked at the entry from the previous day: "Tomorrow … Monsieur J …. two new paintings … each at least …." and there he had noted a fabulous price, almost three times more than what I had paid for one of his paintings a year previous. I reflected for an instant. I took out my check book and wrote a check for half the amount indicated in his diary, noting on the back: "For your two new paintings shown to me this evening." I dated and signed the check and slipped it back into the diary.

The police inspector excused himself when he entered my house the following afternoon. "It was probably an accident. The preliminary examination indicated that he had drunk a lot. However, to me it could have been suicide," he said in his deep, professional voice. "He was probably quite agitated by your refusal to consider his price." The inspector continued: "Your mention on the check 'for your two paintings…' was a negotiating tactic, and you surely added verbally, 'Take it or leave it.' I told him his observation was extraordinarily accurate.

When the inspector offered to return my check, I replied that the offer was still valid, and that he could inform the heirs. He did this, and six months later at the end of the investigation and the inheritance proceedings, I received these two superb paintings. I don't have to tell you how much they're worth today, as well as all the other paintings I have from this artist. Several have already been sold at Christie's.

When all is said and done, the price he had asked was not exaggerated, but this story has nothing to do with money.

The Fortune Teller

"Madame Vouvou?"

"Yes. Please come in."

"I'm Madame C. Please excuse my late arrival. Our appointment was for …."

"It's not a problem. Please take a seat."

"Will we have enough time?"

"Yes, I think so. Do sit down, Madame."

I could see right away what it was about and I knew that a half-hour would be sufficient. She had called me two days previous, citing the name of an old client as an introduction, and I immediately sensed the sadness in her voice. I knew as well that C was not her real name, but this is often the case and it doesn't bother me. Vouvou is not my real name either. I took it as my professional name because years ago an admirer, who happened to be French, remarked that I was rather formal even in intimate circumstances. Laughing, he said if we were speaking French I would always use 'vous' and not the intimate 'tu', and he started calling me Madame Vouvou. Even today, I am rather formal with my husband. It's just my character.

"Did you bring the photo?"

"Yes. It's a recent photo as you requested." She took a photo from her handbag and placed it on my desk. I took the photo and I looked at it for a few moments, all the while observing Madame C. She was pretty, between 35 and 40, petite and brunette. She was upset, a bit nervous and I saw that her beauty was tarnished by her chagrin.

"This is not your husband."

"No."

"But you are married, aren't you?"

"Yes, that's right."

The man in the photo was smiling at someone, probably at Madame C. He was about her age or a bit older; not particularly good looking, but his eyes expressed energy and enthusiasm for life. I sensed that the affection visible in the photo was indeed for the woman in front of me.

"This man loves you, Madame. That's very clear, but you know this already."

"Yes." Her voice was very firm.

"But the essential question is whether you will one day be together, whether you are going to spend your life with him. Right?"

"Yes, that's right." Her eyes, as well as her voice, betrayed her vulnerability. I saw tears in her eyes.

This is the most frequently asked question for which people come to see me. In the majority of cases I can pretty clearly visualize the situation and the evolution of their story (or future, if you prefer) and I tell them what I see. The case of Madame C was different, but I could still see the outcome.

You're going to tell me that a fortune teller is automatically a charlatan, a fake, someone who profits from men and women suffering from problems in their love lives or other misfortunes. It's true that there are a lot of charlatans among fortune tellers, but no more so than there are frauds among politicians, corrupt police, or pedophiles among the religious orders. This changes nothing.

As for me, I always had a facility for seeing the outcome of situations. I don't know where this comes from, nor how nor why. There are no mystics in my family. My father was an engineer, my mother a professor of Germanic languages. From the time I was ten, I knew that my mother would attempt suicide but would fail. I knew that following this event my father would leave with a woman older than he. Fifteen years later everything happened exactly as I had foreseen. You don't have to believe me, but there are dozens of clients who can attest to my capabilities.

When I married, I saw that my husband would be faithful for quite a few years, and then would leave me. What's more – and this surprised me because I loved him – I knew that despite my chagrin I would be happy for him.

While studying the photo more closely, I said to Madame C: "This man is married. He's lived about fifteen years with his wife and he's always been faithful."

"Yes, it's true. He told me that I am the first woman outside of his marriage. How did you know?"

"You don't have children, but now you are overcome by the desire to have a child with him." I studied the photo again.

"Yes. Yes! Excuse me…" She started to cry.

"I understand your emotions. This is the first time you are really in love.?"

"Yes, it's true. I don't know what's come over me, but I know that this is the first time I feel a man has truly entered my heart. Excuse me, but I don't know how to really express my feelings."

"I understand you very well. Please continue."

"I've never felt anything like this before. It's the first time. I feel that he's really a part of me, of my body, my spirit. I can't …"

"I understand. And I see your future very clearly. But I think that you want to tell me something more about this man."

9

"Yes, it's true. May I?"

"Go ahead. We still have a bit of time."

"Last night I dreamed of him. It's not the first time, of course. But this time he seemed to be really next to me. I saw him. He caressed me. He was there. I touched him. He kissed me and told me that he loved me. Then my husband woke up."

"You will be very happy with this man. He will leave his wife soon and you are going to have a beautiful life together.

"Is it true?"

"Yes. This is what I see."

"Oh, Madame Vouvou! This is wonderful. But…"

"Ah yes, you're going to have twins…. boys, I think."

"If this is true, if everything happens like this, I'll be the happiest woman in the world. Do you really believe it?"

"I see it like this. I can always misinterpret what I see, but this seems very clear to me."

"Oh thank you, Madame Vouvou. Thank you so much!"

"I am very happy for you, Madame C. But now you'll have to excuse me; our time has run out and I must receive my next client. I'm obliged to leave you now."

"I understand. Here …" She rose quickly and took money from her handbag.

"Thank you and good luck. You're going to be very happy."

I said that her case was different. The man in the photo was my husband. Last night his voice woke me up. He was still sleeping but obviously dreaming. It was dawn, almost light in the room, and I could read in his face what he was experiencing. My husband seemed to caress a woman next to him. He kissed her and whispered his love for her. And I felt very happy for him.

10

The Testament

"I'm not going to make the same mistake your father made. I intend to prepare my own will in the coming weeks." This was our stepmother speaking, a week after our father's funeral. Our "first" mother, as we call her, had died when we were quite young, and our father had remarried a few years later. Our stepmother tried to have children, but after a still-born son she gave up and we three turned out to be her only children. She is the only mother we have ever really known; we all call her mother, and she's worked hard to deserve this.

Our father had almost died without a will. His brother-in-law, also a lawyer, prepared a will a few days before his death and Dad, weak and no longer lucid, signed it a day before he died. Being the only son, I was a witness. As I listened to my uncle read the document, I knew that my sisters would be disappointed. Mother and my uncle then left the bedroom, leaving me alone with Dad so that I could ask him privately if he agreed.

He could no longer speak, but I had heard that hearing is the last faculty one loses before death: "Dad, are you happy with this will?" I spoke slowly. I waited, searching for a response in his pale blue eyes. A few months ago, those eyes had danced happily, betraying his jovial nature. There was no response. I waited and held his hand. Finally, I said goodbye and went downstairs, had a drink with Mother and Uncle Jack and drove home.

It was the last time I saw my father alive. I left on a short business trip the next morning, and he died that evening.

When Mother invited us all to dinner, I knew what to expect. Mother was in the living room, sitting in her favorite chair, a dry martini in one hand while she tapped a cigarette on an ashtray with the other. "I want to avoid misunderstandings. If one of you does not agree with my intentions, we'll have time to settle any problems." She inhaled and let the smoke slowly drift out of her mouth. She had been a heavy smoker for years, despite our frequent pleas with her to stop. She was already 69 but gave no indication she planned to change her habits. "I am going to distribute my personal possessions – jewelry, porcelain, books, and paintings and so on – to each of you according to your wishes. I'll make a list and you can choose things you would like." She looked at us each in turn to gauge our approval of her plan. Then she added in a firm voice: "I know you may be disappointed that there is no immediate distribution to you, but that is the way his will was written."

The will left our father's estate exclusively to her, without any mention of us except three trusts which would be funded upon her death with whatever remained of the estate. In addition, she was named executrix, which allowed her to take fees directly from the estate instead of just spending the estate's annual income. Though it protected capital and avoided taxes, the will left a big hole in the family psyche. The deception my sisters felt was not only material; they were just as upset by the absence of any gesture on the part of Father, as though he'd forgotten to give them a birthday present, or even a card! And, with her lifestyle, Mother could easily consume most of the inheritance, leaving little for our trusts.

Mother rose slowly, smiled at us, and walked heavily towards the kitchen to finish preparing dinner. As soon as she left, my younger sister, Eva, said: "It probably doesn't matter much to you, but for us…" she shrugged her shoulders. Three years younger than I, she worked in a mid-level government job which left little for financial comfort.

"I know you're not rich but compared to us…." my older sister Linda added. Just turned 50, she was finalizing her divorce and her two boys were in college. Of us three, she needed money the most. I also felt the will could have provided small amounts for us, leaving quite enough for Mother.

At dinner we each sat at our traditional places. Mother offered me Father's chair at the head of the table, but I declined. We raised our glasses and I recited, imperfectly, one of Father's favorite toasts. We told anecdotes about him and recalled some of his favorite aphorisms. The food was good, as always, and the atmosphere convivial, even if we all felt that patience might be needed while waiting for Mother's will.

I drove Linda home. As soon as we arrived, she spoke: "I feel stupid to be disappointed by something like this. But even a small amount would have been appreciated. It's more about being forgotten, as though we don't exist. What bothers me is that she has money she inherited from her own family. She doesn't really need it all."

"I know. It's a shame it was done this way. I wish it would have been different, or that I could have influenced things."

"I don't understand why you couldn't have," Linda continued. "Of the three of us, you're the one she trusts the most. You're the son she always wanted. You must have known that Dad didn't have a will."

"I didn't realize it until it was too late, when Uncle Jack said he would prepare one. You know how Dad was; we never talked about such things." Our father never spoke of personal matters and showed little emotion except when he chuckled at a good joke or a witty comment. He told few stories of his childhood, or even of his professional life. What we knew we had learned mainly from cousins.

"We actually think you could have done something!" Linda's voice rose, and I realized she and Eva had already talked. Did they think that I had conspired against them? The thought upset me.

"What could I have done? When Dad signed the will, he was barely conscious. I thought at the time that he knew it was the last thing he was going to do."

"But they left you alone with him. Didn't you ask him if it was what he wanted?" There was accusation in her tone.

"Yes, of course I asked him. His eyes were open, and he seemed to understand, but he didn't answer." I paused for a moment, thinking how to continue.

"But you could have just gone down and told them that he didn't agree."

"That was impossible! They would have gone up and asked him again. He wouldn't have replied, and they'd have just said that the will was signed. In the process, I would have alienated Mother, suggesting she was cheating us."

"But don't you think she is?"

"No, I don't!" My voice rose too. I was annoyed. "And even if I did, I will not risk destroying what is left of our family for money."

"You don't understand," Linda began to plead. "Mother is 69 and I'm past 50. By the time she dies, I'll be an old woman – if I'm still alive. You and Eva will probably get something and still be able to enjoy it. I won't."

"So what! You talk as if our father's estate is enormous. It's not! The amounts we could have received now might be nice to have but are surely not enough to change our lives."

I could see Linda was thinking. After a moment, her face brightened and she spoke with optimism: "You have an old friend from college: Tom, I think. He's a good lawyer, isn't he? Why not ask him? Maybe he could suggest something."

"No! Tom is a personal friend, and I don't want him involved in our family squabbles. Also, you must realize that if we contest the will, we can all forget about Mother, the house we all grew up in and our family dinners. She'll never speak to us again. And should we win a judgment a few years from now, the lawyer will get most of the money."

There was no point in continuing. "Let's stop now," I said. "We should take some time to think about this. And I need to get home. It's late."

It has been almost five years since our father died. My sisters and I still see each other, but our relationships are not the same as they were. When we do meet, there always seems to be tension and mistrust in the air. Our mother has never again spoken of her will and no one dares raise the subject.

She is in fair health, despite still smoking. She travels regularly – recently she went on a long cruise – but she always invites us and our children to celebrate holidays at the house, which she maintains very well. It's rare that Linda comes to these dinners even if her sons attend. We have all forgotten our father's inheritance. It's a shame that he was not able to spend more of his wealth himself, and maybe enjoy his last years a bit more. But it's often like that.

Father and Son

Coincidence? Perhaps destiny? For sure, had the letter been mailed a few days earlier or later I probably wouldn't have received it. However, science has known more than a few discoveries which resulted directly from coincidences, accidents or simply chance.

Since the death of my wife last February, I have plunged back into my work. I had no desire to take a vacation this year; quite normal, I think, for someone who had always traveled with his wife for almost thirty years. Our children have their own lives and families, and in spite of their invitations I preferred to stay here all summer. This explains why I was almost alone in our department during the first two weeks of August.

I am a professor and, until the end of the year, chair of the faculty of biology and genetics here at the university. All external communications addressed to the faculty go directly to the secretariat and are then distributed to my colleagues according to their specific areas of competence. I receive a short summary of the communications during our weekly staff meeting. In any case, since I shall be retired a few months from now, I don't receive much correspondence. However, during these two weeks I opened all the mail and read an interesting letter.

The letter in question was mailed on the 9th of August, the date of birth of my father – who would have celebrated his centenary this year – simply requested a meeting with a person competent to discuss a genetic phenomenon. The author of this letter admitted in the first sentence that she was well outside the scientific community but was convinced that her observations merited the discussion requested.

She arrived at my office ten minutes early, more or less as I had imagined her: medium height, serious expression – a pretty brunette, fortyish, with short hair and blue eyes. She carried a slim brown leather briefcase. She seemed too intelligent to ask a question about one of the classic genetic diseases, but when she started by saying "Professor, I have a beautiful son of three and a half..." that's exactly what I thought. "But" she continued, "he very closely resembles my ex-partner. It's bizarre. I have not had any relations with my ex for more than six years. My boy cannot be his son, but I am almost convinced that he really is that man's son. I don't know how to explain something like this. It can't be true, but ..."

A fantasy? A profound desire? One the offspring of the other? Maybe easy to understand. However, I sensed that she had long reflected on this before approaching us.

"I know," she started again, "that we can introduce specific genes into certain cells of plants and animals with the aid of a virus."

"Indeed, Madame, these techniques have been used effectively for some years now."

"My former partner liked to say, laughing, that our viruses knew each other very well. He often said this, and it became a part of our intimacy."

"If I understand correctly, you want to say that during your relationship with this man viruses transferred a part of his genetic material to you? And, as a consequence, several years later, your son has inherited from you certain characteristics of your ex-partner?"

"Effectively, yes! I'm almost certain. Otherwise, how can one explain my reality? Please look at these pictures!" She had taken several large photos from her briefcase and she now arranged them on my desk. The resemblance between the boy and the ex-partner was astonishing: the eyes, the mouth, the chin – the general aspect of the little one was the image of the man.

"I know exactly what you are thinking, Professor, but I have not even seen him for over five years now. I admit that I would have loved to have had a child with him, but it didn't happen. At the time he didn't want to."

I was tempted to ask why. I have never understood men who refuse to have a child with the women who love them. Of course, sometimes these stories are not so simple, but I still wonder.

"Did your ex see these photos? Or has he ever met your son?"

"No. As I said, I have no contact with him. However, the father of my son has seen pictures of my ex."

"What are you getting at?

"A year ago he began to doubt. Then he accused me of having had this child with my ex. I proposed that we get genetic tests, but he wouldn't hear of it. He's convinced that I cheated on him and that the boy is not his. He left us last December."

Could the child be the son of the ex-lover following a last liaison that she is now trying to forget? Or did she really never see her ex, but simply imagined the act with him? I heard once that reality is nothing but fantasy repeated frequently enough. Quite a few of today's realities started their lives at least as fantasies, sometimes as lies, and not just in the world of politics.

I thought of explaining that even if some genes were implanted by the method she suggested, the number necessary to produce an expressible characteristic – a nose or a mouth, for example – exceeds any imaginable probability. I realized that during these few minutes of reflection I had been looking at the trees in the park across from my office. The wind was occupied tearing the leaves from the oaks and maples and swirling them in front of my window. I could feel that she was watching me.

"Excuse me, Madame. At my age, reflections have a quite independent force. I didn't forget you."

"I think sometimes that I'm becoming insane," she said softly.

"I don't think so. Your case is, effectively, very interesting. I'll be retired in a few months, but I will keep my laboratory here and will continue my research activities. I would like to examine this phenomenon in more detail. Who knows? Your experience could perhaps lead us to extraordinary discoveries. We should have occasion to remain in contact. He's really beautiful, your son."

The Wine Cellar

"Shocking! Hard to believe."

"Yes, but what can you do? They left no traces."

"You mean they left just like that with more than two hundred bottles?"

"They must have had a big van."

"But the building surely has a security system … and the concierge?"

"It was Ascension weekend. They knew that most of the residents were at the coast, and probably the concierge as well. In any case, this is the work of professionals. That's for sure."

"Incredible!"

"Yes, it is… and to top it off they took only the best wines … Latour, Lafitte, Cheval Blanc. My aunt had a wonderful wine cellar. As she doesn't entertain much anymore since my uncle's death, there were plenty of great bottles from the '70s and '80s."

"But what do they do with these expensive wines? They must sell them somewhere."

"Of course. It's said that certain thefts like this one are done to order. The thieves know the contents of the cellar and the wines are sold in advance."

"Wine merchants?"

"Maybe, but it's probably private buyers who have the means to pay. I assume it's interesting to buy these wines at a third of the price."

"Absolutely scandalous!"

"And, you know, this is happening more and more frequently. Many wine cellars are robbed these days, more than you think."

This story that our friend James recounted made me think of my wine cellar. It's certainly modest compared with his aunt's, but I do have some exceptional Médocs as well as fine Margaux and Saint-Estephes. I am often away on business trips or doing long ocean races on my yacht, and my wife spends most of the summer with the children at our summer home in Provence. Aside from my friends, I began to think about how many people know that I have a good wine cellar? A few business acquaintances, for sure, and our domestics, but also the men who worked on the renovations of the house last year. That's a fair number already.

"Yes, my friends," said James as he left us, "it's better to drink your great wines yourself. There's no point in keeping them in your cellar for fifteen years. That's the moral of this story, my dear friends. Enjoy them now!"

I started right away to consume my oldest bottles. Even if my wife is not as passionate about wine as I am, I served many grand wines regularly at dinner. I also took a case of Château d'Issan 1987 to my office to enjoy as an aperitif with my lover. We spend an hour or two together at the end of the day most every Tuesday and Thursday. Her name is C, and she also loves Bordeaux wines. It's our custom to have a glass or two of good wine to unwind. We both have rather high-stress professional lives – she is first deputy to one of our cabinet ministers.

I sensed that my cellar was on a list somewhere. I thought that one day I'd return from a trip to find my cellar emptied. But I wanted to know who thought he was going to enjoy my good wines. With a syringe given to me by my dentist, I injected a few milliliters of a toxic solution into a dozen bottles of some good châteaux. Of course, I marked each of these bottles by scratching out the letter 'u' in the word 'cru'.

I didn't have to wait very long. My wife left for Provence with
the children at the end of June. I prepared to spend a long weekend with C
in London before joining my crew at Lymington for the start of the
Cowes-Saint Malo race the following Friday. A few hours after our arrival
in Saint-Malo (we won our class), my neighbor, Doctor T, called me
on my mobile phone and announced that the garage door of my house
appeared to have been forced open during the previous night.
He had made a quick inspection of the house, for which he had keys,
but had not seen any evident signs of a robbery. I thanked him. I sensed
that he had not looked in the cellar. Upon my return, as I expected,
I found the door of my wine cellar practically ripped off.

During the rest of the summer, I carefully looked through the daily press
and listened attentively to the evening TV news, something I had never
done before – nothing interests me less than the venal politics
of our country.

At the beginning of September, I saw a small article announcing
the death of former Senator M, the day after his 82nd birthday. Maybe
he had enjoyed a few glasses of a good wine to celebrate. However,
he lived alone, he was old and no further details were given.

Barely a week later a report on the evening TV news covered the
poisoning of three members of a South American country's embassy
– the military attaché and two of his assistants. The first had died already
and the others were in intensive care. Apparently they were poisoned
during a dinner given by the ambassador to celebrate their country's
Independence Day. The news report spoke of contaminated meat,
but certain "well informed" sources suspected the secret service
of a neighboring country, possibly an extremist group.
There was no mention of wine.

Last Tuesday, C offered me a bottle of Château La Lagune 1989.
"Today, my love, for once I'm bringing the wine. What do you think
of this one?"

"Where did you get it?" I started to open the bottle while looking
carefully at the label.

"I didn't buy it. This bottle is from my boss." She was truly ravishing in her short yellow skirt which captured the last rays of the sun coming through the big window of my office.

"You mean the minister himself?"

"Yes. This evening there's a big dinner at the ministry; he told me that he would offer wines from his private cellar."

"1989 is a great year! He must have an excellent cellar." I sniffed the cork. "What a shame! This bottle is gone. Really a shame."

"I'm so sorry, my love, really sorry. For once I bring a bottle…."

"It's nothing, my beauty. It can happen, you know. It's the intention that counts."

Partners

"I can't take it any longer. I'm feel I'm going to lose it…."
Entering my office, Madame P began to cry as she walked towards
the large leather chair. "I can't keep going!" She exclaimed.

"Please calm yourself, Madame. We have the time to discuss
everything." I hurried over to assist her.

"Excuse me, but it's too much." She cried again, wiping her eyes with
a handkerchief. I helped her sit down in the chair and I called my assistant,
Miss G, who brought her a glass of water and more handkerchiefs.

I am a lawyer specialized in divorce cases, so it is not unusual for new
clients to arrive in a state of distress. It's quite understandable; they're
going through exceedingly difficult times.

But how does one express the emotion felt when a beautiful woman
cries in front of you, vulnerable, apparently a victim of a profoundly
unjust and devastating situation? After Madame P sat down, I excused
myself and left her with Miss G for a few minutes. I walked down
the hall and I reflected about her case, without forgetting her beauty,
I have to admit.

This was my first meeting with Madame P, but I already knew the
principal elements of her case. These made me think back immediately
to a case I handled some twenty years ago. Much-celebrated back then,
but now almost completely forgotten, this was the case which launched

my career. It was an exceptional case. It is not every day that one of the most prominent lawyers in the country admits the murder of his client! And for his defense he chose me, who was just starting out in the profession.

I remember well the first discussion with L, the famous lawyer in question and my new client, in the S-P prison. "You already know all the details of my case, I think," he said with a broad smile. "Now I just have to tell you the rest." He spoke with great serenity, as if he had not the slightest worry, as if all his problems were far behind him.

In fact, everyone knew the main elements of his story which the media had told and retold for months in great detail. At the root of it all was a celebrity couple: an ex-football player and a beautiful model and singer. They had started a chain of high-end fashion boutiques. Barely ten years later they had stores all around the country and a few in other countries too. Naturally, they created their own fashion brand which was well accepted by the market. They were inseparable partners. With perfect timing, they floated a majority of their shares on the stock market and the pundits speculated on a potential takeover by one of the big players in the sector.

Not long after this, the ex-football player, Walter, decided to divorce and hired L, who had already successfully represented a number of celebrity clients, to represent him.

A few months later, early one morning L walks into police headquarters and announces not just that he has killed his client, the ex-football player, but that he also was in a relationship with his client's wife. Finally, he pleads not-guilty by virtue of temporary insanity. Under these circumstances it was not surprising that none of the top lawyers in the country wanted to take his case. That's how he ended up asking me, a virtually unknown young lawyer, to defend him.

"The idea of my client, Walter, was simple and brutal but very efficient," L recounted calmly in his prison cell that morning twenty years ago. "He had new young girlfriend and he wanted to divorce his wife. However, much more importantly, he wanted first to drive her out of the company and force her to sell her shares at a ridiculously low price before a possible takeover bid."

"His wife, Celine, was vulnerable. Almost 40, an only child, she had no children of her own and no close family. Walter had never given me the impression of being very clever, but he had in fact carefully analyzed things. Of course, it involved millions." L's face showed a thin smile, surely the reflection of a pleasant memory.

"First, he began to humiliate Celine in front of employees and clients, suggesting that she was incompetent and useless. He pursued this tactic for several months. Finally, one day during a fashion show, she cracked; she cursed her husband, employees, models and even clients. Following this, Walter let everyone know that his wife had suffered a nervous breakdown and would have to retire from the company.

"A few weeks later I went to meet her on behalf of Walter to present the documents – the request for divorce with a proposal for the separation of personal belongings and an alimony, and of course a contract for the sale of her shares in the company. Naturally, I expected a tough discussion with her counsel, but surprisingly she received me alone in their impressive, elegant townhouse, where she now lived on her own.

"I had already seen her during receptions and other events in the city, but I had never spoken to her. You know the expression: 'Good from far away, but far away from good.' She was a marvelous exception, seated in her living room that afternoon: blond, fine featured, with the attractive shoulders of an athletic woman. She wore a beige pants suit which could not hide the shape of her legs.

"I began a brief introduction of the documents, but she stopped me right away: 'I want to close this chapter of my life as quickly as possible,' she announced with resolute determination in her almond eyes. 'I have already erased my husband and our life together from my memory. This affair has made me sick. I've been running from one doctor to the next for months. It's only been in the last few days that I feel like myself again.' She stopped abruptly and seemed embarrassed as if she had said too much.

Then she asked me: 'Are your propositions fair?'

"Honestly, no. The proposed price for the purchase of your shares is not very generous, nor is the alimony," I replied, certainly moved by the situation and surely by her beauty as well.

"'Well, I will sign. You have my complete confidence.' She took the documents which I had placed on the small table next to her chair and, without reading them even for a minute, she signed them. I was astonished, but this was not the end of it. She rose and … she kissed me full on the mouth."

For fifteen minutes, L recounted his adventure with Celine, sparing no details, not even quite intimate ones. What a story! It covered the seven weeks from his first meeting with her when she signed the documents to the evening he killed his client. Love, passion, fantasy, adventure … but I could not see a good reason for actually killing his client. I asked myself if I had perhaps not followed his story closely enough, but then he suddenly looked at me and said: "There is very little between love and insanity."

The intensity of his affection for Celine had completely thrown him off the rails, he said. He wanted to leave his wife and children, quit working, flee to the end of the earth, and start a new life with her. And, contrary to the conventional ending of such a story, he actually did it.

"He had a revolver in a drawer of his desk," L continued his story. "I knew this because the day I went to return all the signed documents, he took out the gun and waved it at me. 'I could have had these shares even cheaper.' He laughed loudly, and I thought for an instant he was going to fire a couple of shots into the ceiling. I remembered that he'd taken the gun from the top left-hand desk drawer. The evening I killed him, he excused himself to go to the toilet and I went right to the desk and took the gun."

Who knows if my arguments were good or if the court found something convincing in the elements of his story? In any case he was only sentenced to three years, of which two were suspended. He was freed shortly after the end of the trial.

Today they live together in the Seychelles with their son … I forgot to mention that Celine was pregnant before he killed Walter, but he did not know this of course. I receive news from them regularly. I am the godfather of the boy, and I have visited them on vacation several times.

Finally, in an odd turn of events, even though Celine accepted a low price for her shares, at least she got her money right away, well before the stock market collapse a year later forced the company into bankruptcy.

I realized that ten minutes had already passed. Madame P was waiting for me in my office. She was now much calmer and composed. It is amazing how much she resembles Celine, even if her eyes are blue. Madame P's case interests me very much.

The Wife in Changshu

My name is Wang Li. I'm 22 years old and I come from a village in Shandong Province, northwest of Shanghai, a city which is probably easier for you to locate. I came here three months ago to work in a karaoke bar, but I'm not a prostitute.

It's true that now and then I sleep with a man whom I've met at the karaoke bar. I always ask for money, sometimes much more than I should. Sometimes I'm chosen by a kind and handsome man, and during the course of the evening I start to feel something for him, and of course this inspires emotions in him. Yes, I know that he is thinking of his faraway love or the woman of his dreams, and I see in his eyes his effort to find in my beauty – my eyes, my mouth, my legs, my breasts – the form and the presence of this woman. I sense his love for me and I think of a line from a song: "If you're not with the one you love, then love the one you're with." In this case, it's me.

I serve him a drink and I take pieces of fruit from a tray with chopsticks and put them in his mouth. I light his cigar or cigarette. I caress his arms and his hands and, above all, I look at him because there is nothing more beautiful than the eyes of a man who loves. And love is the only language that I really speak well and certainly the only one that I speak with most of my lovers because they are not often Chinese. Our clients are usually from the foreign companies which have invested in the large industrial park nearby. I only speak a few words of English.

I can say: "Hello. How are you?" and "My name is Wang Li. What is your name?" and "You like?" Or "I like you very much."

He arrived about 9 o'clock with a group of six or seven other Europeans. As usual, they took off their jackets and ties and sat down on the couches around the room. The man who chose me was much older than I. He appeared apart from his companions, alone. But to me he was beautiful in his solitude. I thought he was forty, but he wrote fifty on a piece of paper when I asked. I thought he was joking. I have trouble estimating the age of the "big noses" as we often call Europeans. He was tired; I saw that right away. He sometimes closed his eyes for two or three minutes, even while his friends or the other girls sang. Every time he opened his eyes I saw love escape from his dreams, and I caressed his chest a bit harder and I rubbed my small breasts against his shoulder and I said to myself: "He only sees my beauty; he doesn't see my origins or my lack of education. He doesn't hear my peasant accent from Shandong. In the darkness of this room of our karaoke house, he can't see my clothes or my shoes. He only sees, sometimes with his eyes closed, love, and I see it too."

When his friends got ready to leave, I took the box of matches which he had brought from his hotel and I slowly pronounced the name of the hotel. I could feel his desire in my belly. He looked at me. I tried to imagine the girl of his dreams– maybe petite like me, but probably blonde with blue eyes: the woman he wanted to make love with. He looked at the box of matches and he asked me with his eyes. "You like?" I replied. We looked at each other a long time. His friends got up, looking for their jackets and ties.

"How much?", he asked. He looked at me with a big smile, a smile of love. I understood his smile which said: "How much do you want?" I hesitated. It's true when you love you want to give everything. I thought he said: "As much as you like," and I understood that I should double the amount. He seemed happy. I'm a simple girl; I don't understand much about money. For me 500 yuan is already real money. I earn maybe three or four thousand yuan per month. The more he looked at me the more I loved him and the more I forced myself to imagine an even bigger number. I wrote one thousand on the piece of paper, but I saw that he was disappointed. Looking right into my eyes, he replaced the 1 with a 2, and a big smile spread over his face. I felt the love he had for the woman of his dreams, for whom he wanted to give a lot more.

Early the next morning, in his room, he showed me what money he had. He didn't have any Chinese money. Nor dollars! I was disappointed; surprised. I thought the "Big Noses" always had dollars. He showed me Swiss banknotes. "Switzerland, very good money," he said. But I don't know European countries very well except for England. I know the pound sterling, but I don't know its exact value. I was confused. He calculated and wrote on a piece of paper the value in yuan of his Swiss money, those strange banknotes with their unusual colors. I started to doubt my feelings for him, though the night had been wonderful. I had felt the vigor of his love for the woman of his dreams, and I was transformed entirely into that woman. For an hour I was blonde with blue eyes. My legs were longer and shapelier. It was good.

My father used to say that during the time of his grandfather the only sure value was gold. Of course, as they were peasants they had never possessed gold, though they saw it a few times at the offices of the big merchants in the city. They thought the old banknotes they received had some relationship with gold, but I have never really understood what it was. Today, my father says that none of the paper money mentions gold. So how should one know if a dollar is really worth so many yuan? And these Swiss notes with their bizarre colors and their portraits of ugly "Big Noses." Why should they be worth so many dollars? And why does this man who loved me so well try to convince me of the value of this money with his calculations? I was sad. At the beginning it was only a simple number which expressed his love for the woman of his dreams. And now, after our night of love, what we enjoyed had become nothing more than a calculation of fictional values. No! The only sure value was our love, the gold which one sees only rarely in a lifetime.

I saw a £20 note. I took it too. He said no. I thought he was starting to lose his patience. I felt I was losing my blue eyes, my blond hair, and my shapely legs. He looked at me. I wanted to cry. Suddenly he took

all the money, all mixed up, and, with a big smile, stuffed it in my bag.
I kissed him.

I took out a card from my bag and I wrote my name Mandarin characters
and also in Pinyin, and I added my telephone number. "I'm your wife
in Changshu." I said slowly in Mandarin. I'm sure he understood.
We laughed together.

The Combatant

It was after seven-thirty in the evening. The door of my office was open and F was standing in the doorway looking at me. "Am I disturbing you, Professor?"

"No. Please come in."

"Excuse me," she spoke as she entered. "I have a question. I heard that you fought in Vietnam."

I smiled. I am a professor of history and also responsible for masters and doctoral programs. Every year I hear this from one of my students, often a young woman like this one, F. She is one of my best students and, in addition, very pretty.

"Someone told me that you were an officer in the 101st Airborne Division, and that every semester you…."

"True. Every semester I organize, together with a few other professors, an evening of discussion of the war and its consequences. I can let you know when we plan the next one. But I never fought in Vietnam. I've never even been to the country. I did my military service during those years in the navy, and since I'm colorblind I couldn't even serve on a ship. After officers' school, I spent four uneventful years at The Naval Research Center in Washington."

I have no idea who invented this story of my exploits in Vietnam, nor how this myth has propagated from year to year. Every time we organize an evening, I start by explaining clearly that I never went to Vietnam myself. One of my colleagues who participates in the discussions was there and was wounded. I've obviously met a lot of men who served in Vietnam, and I have known a few who never returned. I've heard many stories of experiences during this useless and stupid war. Now and then during the discussions I retell an interesting one, but I always make clear that it's not my story; it's come to me from someone else. Despite this, every year some student approaches me with the rumor that I fought in Vietnam. Worse, some claim that I was a war hero.

Every year there's a new class of students who think that I'm a hero, a real man of action, courageous. I don't think I'm more courageous than anyone else, and certainly not a hero. Had I been sent to Vietnam and lived through real combat, would I be more courageous? I've no idea. I was just a spectator of this war.

In the years right after the war, when I started teaching here, I admit that my fictive reputation led me into a few liaisons with female students. Today this is strictly forbidden, but in those days it wasn't exceptional. The more I denied the imaginary version of my exploits, the more the interested person was convinced. My determination to correct this image of me as a combatant was interpreted as modesty and reinforced the false notion that I was a hero. These liaisons didn't last long. As soon my aura as a courageous combatant began to fade with familiarity, the adventure lost its attraction for the woman. I remember thinking that while true courage may be indestructible, the imaginary is not.

That evening I thought I recognized something in the way F looked at me. At the moment she entered my office, I thought it was because she was older than the others. She was finishing her doctorate. I tried to concentrate on this reflection, but I was distracted by her presence.

"Do you know your wife is cheating on you?"

I smiled. "You saw her in town with her new friend?"

"No. He knows my father. He came to our house recently with your wife. She was quite upset when she realized that I was one of your students. I promised that I wouldn't say anything to you. She said you didn't know about her affair."

I laughed. "She's the only one who believes this. It's her way of escaping responsibility and probably what makes her stay with me." Surely this, and daily inertia. I have always cultivated the idea that our marriage, even if almost non-existant, was important for my career. Recently I realized that perpetuating it was nothing more than an expression of my lack of courage.

"You don't have children."

"My wife didn't want any in the beginning. Now, in our current situation, it makes no sense. Did she say something to you?"

"No, but I sensed it. She's in love with her friend. You can see it."

"Yes, I imagine."

The moment that F had entered the room her presence had perhaps expressed her intentions, as if she had undressed before saying a word. But, as I said earlier, I simply didn't see it. I closed the door and turned the key. It was by now already dark. She waited for me sitting on my desk. We made love on the couch, in front of the window open to a splendid view of the city and the river.

"Have you never thought of leaving your wife?"

"I don't have the courage. Or I'm lazy."

"Isn't it the same thing?"

"To combat without peril is to vanquish without glory."

"Why do you cite Racine?"

"Because your father wants to kill me. Right?"

I had heard about certain groups of veterans who exposed those who pretended to deserve glory – either real veterans who simply embellished their military careers by adding imaginary events and distinctions or men who had never gone to Vietnam at all. The number of bureaucrats, politicians and professionals exposed surprised me. The frequency of threats and even acts of violence against these false combatants was increasing. I knew that F's father was a veteran and I sensed that he was active in one of these groups.

"Maybe, though I doubt it. In any case, he'll probably try to threaten you."

"Is that the reason you made love with me this evening?"

"That was true when I came in here." We were still lying on the couch, looking at the lights of the city and the stars. "But now I think I love you."

It was after ten o'clock when I got home. My wife was waiting for me in the kitchen. Her eyes gave away her state. She cried. She promised me her eternal love and fidelity. My life was in danger, she said. She wanted to erase the past and become a true wife for me. I didn't really listen. I had difficulty following her exclamations. My spirit was occupied with my own reflections, above all F and the future. I didn't answer. I offered her a whiskey, putting my hand on her shoulder for an instant. I thought of saying that I wanted to divorce. F seemed to have awoken something in me. I wanted to have a drink as well, but I went instead to my room.

I slept well. I thought of F. I got up early and, seeing the spectacular red-orange dawn, I thought of an old sailor's proverb: "Red sky in the morning, sailor take warning." Stormy weather ahead, I mused, thinking of divorce, F and an undefined future. I felt good. I decided to ride my horse for a few hours and then return later to pick up my some of my things.

The Diagnosis of Aladar A

"Christ, at least it's not cancer!" Surprised by the sound of his own voice resonating around the street corner where he stood, Aladar A felt a rush of embarrassment rise, then quickly subside. No one had heard him. The intersection was empty of people. He briefly assessed himself with a glance at his reflection in the window of a store. Aladar A was 59, but fancied he looked much younger despite his mostly grey hair. His face showed hardly a line; he was trim, he thought, his pale blue eyes squinting slightly against the day's brightness though he was in the shade.

"Why did I almost shout that?" Aladar A mused in a less audible voice. Then he turned away from the sun and looked at his watch. It was 10:45 Tuesday morning the 15th of April, a beautiful spring day even at this intersection at the rear of the hospital. "A good thing I came out at the back," he thought.

"That didn't last long. Maybe 20 minutes," he continued his monologue. He crossed the street and walked slowly downhill towards the square, keeping to the east side of the street to stay out of the sun, now quite bright. "Nothing unusual about this, really," he spoke aloud again, approaching the square. He found a table in the shade at one of the cafes. "Quite normal nowadays: a doctor tells you you've got this or that; there are treatments and probabilities and hopes that you're an exception…" Aladar A's voice trailed off as he selected a table and sat down facing the square as he always did.

"Not like in the old days," he continued silently, his lips barely moving, "when you'd just fall over and that was it." Aladar A remembered his friend Charles. Returning one July evening from a business trip, Charles exited the baggage claim area at the airport, embraced his girlfriend who had come to pick him up and dropped stone dead in front of her. Cardiac arrest, they said afterwards. "Jesus, everyone thought he was in perfect shape. He looked great. What was he: Forty-one? We'd played tennis a week earlier. Good Lord!

"Now they scan and probe. They'd have spotted that quarter inch of bloated artery ready to let go when he felt Penny's firm, receptive body press against him. Was it a quick spike in blood pressure which accompanied his final, suppressed erection? Today they'd have told him about his weak artery. They would have inserted a stent or done a bypass or maybe they'd have treated him with the latest drugs. Christ, he might be sitting right here with me now. We might still be playing tennis. But would he and Penny have stayed together? Who knows?" One thing or sure, Aladar A mused, if he hadn't died, Penny might have lived longer. He thought about her for a moment, how she had seemed to age over the next several years, losing her cheerfulness and spontaneity as well as her youthful looks. Then he remembered learning that she'd been diagnosed with breast cancer. "My God, the next thing we knew she was gone. Just like that," he muttered uncomfortably, covering his mouth.

His double espresso arrived with a glass of water. Aladar A's attention was now absorbed by two younger, fortyish women sitting at a table near to him and in the sun. Almost facing him was a petite blonde: pretty, with a fine nose and thin lips, a touch of eyeliner and lipstick the perfect shade to highlight her blondness. Her companion facing her – a taller, heavier, darker blonde with coarser features – was listening intently as if preparing to offer advice for the circumstances the pretty one was relating. Miss Listener's ample bosom was generously exposed to the warming sun – she had opened the top two buttons of her blouse – and Aladar A lost the thread of his thoughts for a moment wondering if her breasts were shaped by nature or human ingenuity. At the end it didn't matter, he reckoned, taking a cube of brown sugar between his thumb and forefinger, and dipping it quickly in his espresso, then popping it in his mouth to savor the bittersweetness. It was a habit he had eagerly borrowed years earlier from a story of Isaac Singer's. Each time he did it he could see again the two men in the story – survivors of the Holocaust, old friends finally reunited – leaning toward each other across a small table at a café somewhere in South America some years after the war. Was it Buenos Aires? A wonderful way to celebrate their reunion, he thought: a cube of brown sugar dipped in a bitter espresso, the perfect accompaniment to the bittersweet sensations.

"And she probably knows I'm enjoying them." He wondered if she would look in his direction. A moment later, Miss Listener sighed and, as if on cue, turned her head in his direction and smiled. Aladar A smiled back and tried to meet her eyes, but the smile had passed him. He turned to see a tall, curly-haired, younger man wearing a blue and white striped shirt beaming at her. He recognized the man as one of the radiologists at the hospital. Deflated, his thoughts abruptly returned to that morning's consultation with his doctor.

"How did she put it" he asked himself? "'I'm afraid the results we have are not…' No, it was more like 'There's nothing to be alarmed about, but you do have…' No, it wasn't that either. And she didn't start with 'I'm sorry to have to tell you….' Why can't I remember?" Aladar A puzzled, dropping a new cube of brown sugar into his almost empty espresso, fishing it out with his spoon, bringing it to his lips and sucking on it.

"To be honest, I was fantasizing about her." He thought again of the doctor. Tall, slender, 'handsome', as his parents would have said to describe a good-looking, well-educated professional woman, back when they were rare. She's close to my age; hadn't she made a reference to this during my first consultation? His fantasy spiraled onward. "Not cancer. What then?" Aladar A struggled, but his memory well was dry. "No real cure, but you can live with it," he remembered thinly. "I'm a fool," he spoke softly aloud, "dreaming about her."

"Ah," the present clattered back noisily into his thoughts, "I've got a prescription in my pocket. Why didn't I think of that? I'll go over to the pharmacy and find out what I have." Aladar A felt a narcotic relief sweep over him. He beckoned to the waiter and asked him to hold the table and bring him a second double espresso and water. He rose and strode purposefully across the square to the pharmacy to get his prescription filled.

"These are just vitamins," the pharmacist said, puzzled by his question as she slid a box across the counter. "This," she continued, writing 'one per day before going to bed' on the other box, "is a mild anti-anxiety medication. If you're having trouble sleeping, this should help you. But don't take these for more than a few days in a row. And maybe start with half a pill and see how that works," she added.

Aladar A returned slowly and frustrated across the square and sat down. He stirred his new espresso. His restless thoughts had slowed to a stop. The petite blonde had taken off her sunglasses; the sun had moved a few degrees west. She'd stopped talking and now sipped her tea. Miss Listener was talking and gesturing earnestly. He stared at the petite blonde. "Perfect," he said to himself. "Petite, but everything perfectly proportioned. Who could possibly improve her?" He was still staring when the petite blonde rose and moved quickly to his table.

"You've been staring at me. Don't you know it's rude? You can't sit there and stare at women. People will take you for a predator. I should ask the owner to make you leave."

"I don't care," Aladar A replied immediately. "You're the most beautiful woman I've ever seen."

"That's great. How can you be sure?"

"Because I'm blind," he cried, raising his hands in submission.

"Now what did the doctor say?" She asked, a smile spreading on her thin lips.

"I don't remember exactly what she said, but I think it's nothing to worry about…something I could live with. She said I'll die of something else."

"You'll never change," she laughed, leaning forward to kiss him on the lips. "I'll call the doctor tomorrow."

The Birthday

Another day I wouldn't have reacted, but today I found it really annoying. I had hardly sat down on the terrace of a small café in the rue François Premier, comfortable in the sun, and there, right in front of me I see the name of my ex on an enormous billboard on the side of a building.

His first name is not very common, but it is sometimes a surname as well. Lord knows, maybe that's the reason this name is often chosen for the most varied products. In this case it's a brand of children's clothing. I only observed this phenomenon after the end of our relationship. I realized that during our time together I rarely called him by his name; I almost always used little expressions of affection. On the contrary, he always called me by my name, though he pronounced it in a very particular way. One day our daughter said to me – she was maybe nine or ten at the time: "Mommy, I know that G loves you because when he calls you your name is really safe in his mouth."

It seems that since the day he left me, I've suddenly seen his name everywhere: a restaurant not far from the local bakery, a fishing boat in a small port where I often go in the summer, a lawyers' office barely 100 yards from my house. They were all there for years, but I had never noticed them. Crazy! Just like today, it's often at a moment when I have absolutely no desire to see his name that I'm forced to remember G this way. Believe me, not a day goes by that I don't think of him. I cherish the memories of our love, of our life together, but when

I see his name in front of me, like now on this billboard, it's as if everyone can see that I still love him and that I still seek the happiness that I had with him.

It's springtime, the season of hope and "life lives from hope" as G used to say when we dreamed of our future together. And Paris is the city of spring. This is surely why I wanted to come here today. Plus, it's my birthday. I'm fifty-four. As I got out of my bath this morning, I said to myself that I'm still pretty. I have a few wrinkles under my eyes, but my body hasn't really changed for years. I'm lucky that I'm petite and athletic.

It was last week that I suddenly had the idea to get away today. My husband – yes, I remarried two years ago – vaguely suggested we go to London for the weekend, but I didn't feel like it. I often went to London with G, a few times for my birthday. I wanted to be alone. Nothing more.

"Love is a constant," G said to me one day. "Just like the speed of light, love has always existed independently of us. It's simply our job to discover it, to try to understand it and then to live it as best we can."

I thought he was speaking of our love, and that he wanted to say that this love would remain constant until the end of our lives. Somehow, I would still like to l believe this, though we haven't seen each other or even spoken in almost five years. It's also possible that I didn't really understand what he meant that day. I ask myself that question.

"Are you waiting for someone, Madame?" I had vaguely noticed that a young man had sat down two tables away from me. He appeared to be in his thirties. He wasn't very tall, but solidly built with a smiling face, a good large nose and dark curly hair. He abruptly woke me from my reverie.

"Do I seem to be?"

"Yes. You look as if you are waiting for someone, or at least you were dreaming of that person."

"Who was it who said that one is always waiting for someone? Beckett?"

"Someone said that? Maybe it's true."

"And you?"

"Yes. I'm waiting for my fiancée, but she's often late."

I smiled. That made me think of G. He was often late at the beginning of our relationship. Arriving running, he would kiss me even more enthusiastically as if to compensate. I loved his habits.

"It's not true, Madame."

"Excuse me?" His expression had changed. Uncertainty had invaded his eyes.

"What I just said to you isn't true. My fiancée isn't coming. We split up two months ago and we don't even talk to each other anymore."

"That's a shame."

"I come here because we sometimes met at this café for a glass of wine. She used to work at a boutique on the Avenue Montaigne."

"Who knows? There's never been a woman who hasn't changed her mind, certainly not when it's about her feelings".

I thought about G and the years during which I haven't heard his voice. Has he changed his mind in the meantime? Is he happy? Does he smile the way he used to when we were together? I always say to myself that I'd like to see him again, or at least hear his voice, but the idea provokes uncomfortable apprehension.

"There is one thing which preoccupies me," said the young man after having lit a cigarette.

"What is it?"

"I think I'm afraid to see her."

"Why?"

"I'm afraid that my emotions, particularly the loss that I feel, are tied to something other than love. This great emptiness that I feel in my heart….is it her? Or is it something else that I miss? Am I weak? Am I protecting my emotions for other reasons? I say sometimes that I don't want to love another woman, but I then I think that the moment my heart is taken by another …. I really don't know anymore."

A long silence intervened. I drank my tea. He lit another cigarette and, with a gesture, ordered a second coffee. He stared seriously at the advertisement on the billboard across the street in front of us as if he wanted to improve it. I looked at it also, but this time it didn't bother me as much. I thought of a line I'd read somewhere: "Your silence then, that speaks for thee." The long silence seemed to speak for both of us.

"Do you live in Paris, Madame?"

"No. And I'm not French, as you can hear, I think."

"Are you staying in Paris tonight?"

"I thought of going home, but maybe I'll stay overnight with a friend."

"If you stay, may I invite you to join me for dinner this evening?"

"That's a nice idea!"

NOUVEAUX TEMPS

DIX NOUVELLES DE L'AMOUR, L'AVENTURE ET L'HYPOCRISIE OCCASIONELLE

John Kalish

Dédicace

À Doc et Bill, amis et mentors. Ou que vous soyez maintenant, j'espère que ces nouvelles vous amusent.

Avant-propos

Ces nouvelles, pour la plupart, ont été écrites pendant les dernières vingt années, en français ou en anglais selon l'inspiration du moment. Ce petit livre doit son existence aux encouragements de plusieurs personnes.

Bill Roth, un grand ami d'enfance, m'a encouragé à écrire pendant des années. Adrienne Delcroix, peintre bruxelloise et amie pendant tant d'années, a lu la plupart de ces nouvelles et leur a apporté des améliorations, aussi bien en anglais qu'en français. Son gendre, Daniel Berteaux, ausussi aidé avec le texte français. Puis il y a mon ancien professeur d'anglais à l'école, Clarence « Doc » Wible. Un mentor qui est devenu un ami, Doc m'a a introduit au blues et au jazz, aux voyages par canoë dans les forêts canadiennes et aux promenades dans le « haut désert » d'Oregon, toute en encourageant mon intérêt pour la littérature. Finalement, Mike Stevens, qui m'a accompagné sur plusieurs courses au large, a non seulement conçu le design de l'ouvrage, mais a sauvé la production.

John Kalish

Bruxelles, octobre 2022

Table des matières

Le collectionneur

Je suis un des plus grands collectionneurs d'art contemporain et moderne, même si je suis peut-être le moins célèbre. Depuis mon enfance, une timidité naturelle m'a fait préférer la discrétion ; c'est sûrement pourquoi, à part quelques grands marchands et une vingtaine d'artistes, mon nom est presque inconnu. Ce sont certaines réflexions concernant ma carrière de collectionneur qui me poussent aujourd'hui à vous raconter cette histoire très personnelle.

À 23 ans j'ai eu la chance d'hériter de la fortune de mon grand-père maternel. Il était lui-même un grand connaisseur des arts ; mais malgré son goût esthétique, il était beaucoup plus connu pour la longue liste de ses liaisons scandaleuses au sein de la haute bourgeoisie. Dans son testament il m'a encouragé à cultiver mon intérêt pour l'art et je n'ai pas hésité à suivre son avis. Bien sûr, j'ai été fortement aidé par le fait que j'ai moi-même très bien réussi dans les affaires. Depuis ma trente-cinquième année, j'ai donc eu la chance de pouvoir poursuivre librement mes deux grandes passions – l'art et ma famille.

Mon intérêt pour les arts visuels vient probablement de ma mère et mon grand-père, mais mon goût et surtout ma confiance pour choisir une œuvre viennent principalement du grand amour de ma vie, Madame G. C'est elle qui m'a réellement appris l'amour, et c'est l'amour qui nous libère l'esprit. La confiance exige un esprit libéré.

Quand je m'intéresse à un objet, Madame G s'arrange pour aller le voir d'une manière ou d'une autre… soit chez le marchand, soit à la galerie, ou elle se rend chez l'artiste, parfois avec son mari, lui-même un grand amateur d'art contemporain. Bien sûr, si elle estime que l'objet est destiné à ma collection, elle n'hésite pas à déconseiller à son mari de l'acheter. Il est rare que nous ne soyons pas entièrement d'accord.

Madame G m'a aussi conseillé le dessin de l'annexe que j'ai construit sur ma propriété pour recevoir ma collection ; lieu où nous sommes toujours fidèles à notre très agréable coutume de partager un moment intime en présence de chaque nouvelle acquisition.

Comme bien d'autres collectionneurs, je suppose, mon appréciation de l'art a été confrontée au fait que je n'ai moi-même aucun talent artistique. J'aurais beaucoup aimé savoir peindre ou sculpter, mais toutes mes tentatives ont échoué. C'est sans doute la raison pour laquelle j'ai cherché le contact, voire l'amitié, des artistes, même si je sais que, de leur part, cette amitié est souvent intéressée, associée à ma façon de dépenser ma fortune. Si vous me dites qu'il y a un peu d'hypocrisie des deux côtés, j'accepterais votre observation.

Tout le monde sait que la loi de l'offre et de la demande s'applique aussi aux œuvres d'art. Dès qu'un artiste meurt, la valeur de ses œuvres monte, parfois de manière spectaculaire. Je me souviens bien de la première fois que j'ai constaté personnellement ce phénomène. Au fil de plusieurs années, j'avais acheté plus de dix tableaux d'un peintre américain. Il était encore relativement jeune – à peine 40 ans – mais il était un peu dépressif et un jour il fut trouvé mort dans son studio, victime d'une surdose. Dans les mois qui ont suivi, la valeur de ses tableaux a plus que doublé, triplé même, et un de mes principaux marchands m'a racheté deux tableaux pour plus d'argent que je n'en avais dépensé pour toute ma collection de cet artiste. Ça m'avait fortement frappé.

Mais en même temps j'étais saisi par une réflexion assez inquiétante : si le pauvre avait résisté encore une semaine ou un mois, il aurait peut-être créé sa plus grande œuvre et ce tableau magnifique ferait aujourd'hui parti de ma collection.

Vous imaginez peut-être la suite de cette histoire.

C'était un peintre apprécié pour ses œuvres abstraites de grandes dimensions. Je le connaissais depuis une quinzaine d'années au cours desquelles j'avais acheté plusieurs de ses tableaux. Je m'entendais assez bien avec lui, même si l'hypocrisie à laquelle j'ai déjà fait allusion gâchait un peu notre relation. Je lui rendis visite plusieurs fois par an dans son atelier, souvent accompagné de Mme G. Je savais qu'au fond de lui il me considérait inférieur : à lui-même en particulier et aux artistes en général. Il me laissait entendre que ma motivation était essentiellement matérielle et que, par conséquent, ma capacité d'appréciation de son œuvre était limitée. Mais ce qui m'énervait encore plus était sa suggestion – exprimée bien sûr au travers de quelques sous-entendus – que, si Mme G m'aimait, c'était aussi pour des raisons matérielles. « Autrement » je lisais-je clairement sur son visage, « comment une si belle femme pourrait-elle m'aimer ? » D'un côté il demandait qu'on reconnaisse sa passion pour l'art ; mais de l'autre il ne daignait pas accorder le même respect pour la passion de Madame G envers moi, l'homme qui l'avait libérée par son amour. Et, bien sûr, il me laissait entendre par des sourires en coin qu'il savait que mon amour pour elle était motivé par sa beauté et sa sexualité, qu'elle portait sans affectation.

« J'ai envie de mieux la connaître » me dit-il un soir chez lui. « Ça t'embête si je lui téléphone ? » Malgré notre discrétion, il avait compris que nous étions amants. Il m'avait invité ce soir-là pour voir deux nouveaux tableaux ; et selon mon habitude, j'y étais allé tout de suite après notre dîner familial.

« Je ne répondrai pas à cette question. »

« Allons… ne sois pas fâché, mon ami. C'était juste pour rire. »

Il avait souvent tenté de m'énerver avant de commencer à négocier le prix d'un tableau. Parfois il disait : « Tu t'en fous. Peu importe ce que tu me paies, dès que je crève, tu feras fortune. » Il n'a jamais réussi, bien entendu, et cela l'embêtait. Je ne sais peut-être pas peindre mais je sais négocier, surtout avec des artistes.

Mais ce soir-là il s'était libéré de tout complexe. Il s'était persuadé que Mme G devait le désirer parce qu'il était artiste et créatif, tandis que je ne représentais qu'un dégoûtant matérialisme. Il était très confiant. « C'est logique, mon ami » semblait dire son regard, « parce que la beauté a toujours partie liée avec la créativité. Elle va vers l'art et les artistes. »

Je souriais. Dans son égocentrisme arrogant, il n'avait pas saisi que la vraie beauté est celle de l'esprit. Mme G était indifférente à la moindre réflexion matérielle.

Il faisait chaud et humide dans son studio à Paris ce soir-là – c'était en juillet. Il en avait ouvert les grandes portes-fenêtres donnant sur un balcon étroit qui surplombait la cour intérieure de l'immeuble. Il alla sur son balcon et se pencha par-dessus la vieille balustrade en fer forgé. Il avait allumé une cigarette et regardait l'obscurité. Sans se retourner, il répétait : « Eh bien… Mme G et moi… qu'en penses-tu ? »

Je me suis lentement approché de lui et j'ai pris au passage devant son bureau la bouteille de vin que nous avions vidée ensemble ce soir-là. La bouteille ne s'est pas cassée quand je l'ai frappé. Il est tombé tout seul du quatrième étage. L'impact de son corps sur le fond de la cour a été couvert par le rock qui sortait de la fenêtre ouverte d'un des voisins du premier étage.

Son agenda était sur son bureau. Je l'ai ouvert et j'ai regardé l'inscription du jour précédent : « Demain M. J… deux nouveaux tableaux… au moins… » et il avait écrit en face un prix pharamineux, presque trois fois le prix que j'avais payé un an auparavant.

J'ai réfléchi un instant et j'ai sorti mon chéquier. J'ai rédigé un chèque à son nom pour la moitié du montant indiqué dans son agenda, en mentionnant au dos du chèque « Pour vos deux nouveaux tableaux. » Je l'ai daté et signé et je l'ai mis dans l'agenda, que j'ai refermé.

L'inspecteur de police s'est excusé quand il est entré chez moi le lendemain après-midi. « C'était probablement un accident. L'examen a indiqué qu'il avait beaucoup bu. Mais, pour moi c'est un suicide. » a-t-il ajouté d'une voix professionnelle.

« Il était probablement très agité par votre refus d'accepter son prix. »
L'inspecteur a continué : « Je suppose que votre mention sur le chèque
" pour vos deux tableaux… " « n'était qu'une tactique de négociation et
que vous aviez sans doute ajouté oralement "À prendre ou à laisser."»
J'ai reconnu que son observation était très astucieuse.

Quand l'inspecteur a voulu me rendre mon chèque, j'ai répondu que
l'offre était toujours valable, et qu'il pouvait en informer les héritiers.
Il l'a fait ; et six mois plus tard, après la fin de l'enquête et des procédures
légales, j'ai reçu ces deux superbes tableaux.

Je ne dois pas vous dire combien ils valent aujourd'hui, ces tableaux,
ni tous les autres de cet artiste. Quelques-uns ont déjà été revendus
chez Christie's.

En fait, le prix qu'il demandait n'était pas exagéré. Mais, de toute façon
cette histoire n'a rien à voir avec l'argent.

La voyante

« Madame Vouvou ? »

« Oui. Moi-même. Entrez, s'il vous plaît. »

« Je suis madame C. Je vous prie d'excuser mon retard.
Notre rendez-vous était à… »

« Ce n'est pas grave. Asseyez-vous. »

« Aurons-nous assez de temps ? »

« Je crois bien. Asseyez-vous, madame. »

J'ai vu tout de suite de quoi il s'agissait, et je savais qu'une demi-heure
serait suffisante. Elle m'avait téléphoné il y a deux jours en citant, comme
introduction, le nom d'un vieux client, et j'ai immédiatement senti de la
tristesse dans sa voix.

Je savais aussi que C n'était pas son vrai nom, mais c'est souvent le cas
et cela ne me dérange pas. Vouvou n'est pas mon vrai nom non plus. Je
l'ai pris comme nom professionnel parce que dans le temps mes admira-
teurs me faisaient toujours remarquer que j'insistais pour les vouvoyer,
surtout dans des circonstances intimes. Même aujourd'hui je vouvoie
souvent mon mari. C'est mon caractère.

« Avez-vous apporté la photo ? »

« Oui. C'est une photo récente, comme vous m'avez demandé. »
Elle a sorti une photo de son sac et l'a placée sur mon bureau. Je l'ai prise
et je l'ai regardée quelques instants, en observant en même temps madame
C. Elle était jolie, entre 35 et 40 ans, petite, brune. Elle était inquiète,
un peu nerveuse, et je voyais la beauté de son sourire largement
ternie par son chagrin.

« Ce n'est pas votre mari. »

« Non. »

« Mais vous êtes mariée, n'est-ce pas ? »

« Oui, c'est ça. »

L'homme sur la photo souriait à quelqu'un, probablement à madame C.
L'homme avait à peu près son âge, ou un peu plus. Il n'était pas particu-
lièrement beau, mais ses yeux exprimaient une énergie et un enthousiasme
pour la vie. Je sentais que l'affection visible dans ses yeux était bien pour
la femme devant moi.

« Cet homme vous aime, madame. C'est très clair. Mais vous le savez
déjà. »

« Oui. » Sa voix était très ferme.

« Mais la question essentielle est de savoir si vous serez un jour ensemble, si vous allez passer votre vie avec lui, n'est-ce pas ? »

« Oui, en effet. » Ses yeux, comme sa voix, dévoilaient sa vulnérabilité.
Je voyais des larmes dans ses yeux.

C'est la question la plus fréquente pour laquelle les gens viennent chez
moi. Dans la plupart des cas je vois assez clairement la situation et l'évo-
lution de leur histoire (ou l'avenir, si vous préférez) et je dis ce que je vois.
Le cas de madame G était différent, mais je voyais la suite quand même.

Vous allez me dire qu'un voyant est d'office un charlatan, un farceur,
quelqu'un qui profite des hommes et des femmes en souffrance des

chagrins d'amour ou autres malheurs. C'est vrai qu'il y a beaucoup de charlatans parmi les voyants, mais guère plus qu'il n'y a de fraudeurs chez les politiciens, de corrompus dans la police, voire de pédophiles dans les ordres religieux. Mais qu'est-ce que ça change ?

Quant à moi, j'ai toujours eu une facilité pour voir la suite des choses. Je ne sais pas d'où cela me vient, ni comment ni pourquoi. Je ne suis pas d'origine tzigane. Il n'y a pas de mystiques dans ma famille. Mon père était ingénieur, ma mère professeure de langues germaniques. À partir de ma dixième année, je « savais » que ma mère allait faire une tentative de suicide, mais qu'elle n'allait pas réussir. Je « savais » que par la suite mon père partirait avec une femme plus âgée que lui. Et quinze ans plus tard tout s'est passé exactement comme je l'avais vu. Vous n'êtes pas obligés de me croire, mais il y a des douzaines de clients qui peuvent témoigner de mes capacités.

Quand je me suis mariée, je voyais que mon mari serait fidèle pendant des années ; et puis qu'il me quitterait. Qui plus est – et cela m'avait fortement surprise, parce que je l'aimais beaucoup – je savais que, malgré mon chagrin, je serais heureuse pour lui.

En regardant mieux la photo, j'ai dit à madame C : « Cet homme est marié. Il vit depuis environ quinze ans avec sa femme et il lui a toujours été fidèle. »

« Oui, c'est vrai. Il m'a dit que je suis sa première femme en dehors de son mariage. Comment le savez-vous ? »

« Vous n'avez pas d'enfant, mais maintenant vous êtes envahie par le désir d'en faire avec lui. » Je regardais encore la photo.

« Oui, oui. Excusez-moi… » Elle pleurait.

« Je comprends vos émotions. C'est la première fois que vous êtes vraiment amoureuse, n'est-ce pas ? »

« Oui, c'est vrai. Je ne comprends pas ce qui m'arrive ; mais je sais que je sens pour la première fois qu'un homme est vraiment entré dans mon cœur. Excusez-moi, mais je ne sais pas bien exprimer mes sentiments. »

« Je vous comprends très bien. Continuez. »

« Je n'ai jamais senti une chose pareille. C'est la première fois.
Je crois qu'il fait vraiment partie de moi, de mon corps, de mon esprit.
Je ne peux pas… »

« J'ai bien compris. Et je vois très clairement votre avenir. Mais
je crois que vous avez envie de me dire encore quelque chose à propos
de cet homme. »

« Oui, c'est vrai. Je peux… ? »

« Allez-y. Nous avons encore un peu de temps. »

« Cette nuit, j'ai rêvé de lui. Ce n'est pas la première fois, bien sûr.
Mais cette fois-ci, il semblait être vraiment à côté de moi. Je le voyais.
Je le caressais. Il était là. Je le touchais. Il m'embrassait et me disait
qu'il m'aimait. Puis mon mari s'est réveillé. »

« Vous serez très heureuse avec cet homme. Il va quitter sa femme
bientôt, et vous aurez une belle vie ensemble. »

« C'est vrai ? »

« Oui. C'est ce que je vois. »

« Oh, madame, c'est merveilleux ! Mais… »

« Eh oui, vous aurez des jumeaux… des garçons, je crois. »

« Si c'est vrai… si tout se passait comme ça… je serais la femme la
plus heureuse du monde. Vous le croyez vraiment ?»

« Je le vois comme ça. Je peux toujours mal interpréter ce que je vois,
mais ceci me paraît très clair. »

« Oh merci, madame Vouvou. Je suis tellement heureuse.
Merci beaucoup. »

« Je suis très contente pour vous, madame C. Maintenant vous devrez
m'excuser. Notre temps est écoulé ; je dois recevoir mon prochain client.
Je suis obligée de vous quitter. »

« Je comprends. Voici… » Elle s'est levée et elle a sorti l'argent de son sac.

« Merci et bonne chance. Vous allez être très heureuse. »

Elle m'a serré la main, et est partie en oubliant la photo sur mon bureau. Elle pleurait toujours, mais sa beauté était revenue.

J'ai dit que son cas était différent. L'homme sur la photo, c'est mon mari. La nuit dernière sa voix m'a réveillée. Il dormait encoure pourtant, mais il rêvait. Il faisait déjà presque clair et je pouvais lire ce qu'il vivait sur son visage. Mon mari semblait caresser une femme à côté de lui. Il l'embrassait. Il lui chuchotait son amour pour elle.

Et je me suis sentie très heureuse pour lui.

Le testament

« Mes enfants, je vous promets que je ne ferai jamais l'erreur qu'a faite votre père. J'ai l'intention de préparer mon testament dans les semaines qui viennent. » Ainsi parlait notre belle-mère une semaine après l'enterrement de notre père. Nous étions tous réunis pour dîner chez elle dans notre grande maison familiale.

Notre mère est décédée quand nous étions très jeunes et notre père s'est remarié deux ans plus tard. Notre belle-mère a essayé d'avoir des enfants, mais après un fils mort-né ils ont abandonné et nous trois sommes restés ses seuls enfants. Nous l'appelions Maman et elle s'est efforcée de le mériter.

Notre père était décédé presque sans testament. Son beau-frère, aussi avocat, rédigea un testament une semaine avant sa mort et Papa, qui n'était plus guère lucide, le signa. Etant le seul fils, j'étais un des témoins. Quand j'ai écouté mon oncle lisant le texte a mon père dans sa chambre je savais que mes sœurs seraient mécontentes. Maman et oncle Jack ont quitté la chambre, me laissant seul avec mon père, pour me permettre de demander s'il était d'accord. Il ne pouvait plus parler, mais j'avais entendu que l'audition est la dernière faculté à disparaitre avant la mort. « Papa, es-tu satisfait de ce testament ? » J'ai parlé lentement. J'ai cherché une réponse dans son regard bleu pâle. Quelques mois auparavant ses yeux dansaient avec enthousiasme et dévoilaient sa nature joviale. Il n'y avait pas de réponse. J'ai tenu sa main. Finalement, je lui ai dit au revoir et je suis descendu pour prendre un verre avec maman et oncle Jack avant de rentrer. C'était la dernière fois que je voyais mon père vivant.

Quand notre maman nous a invités à dîner chez elle, je pensais savoir à quoi m'attendre. Elle nous attendait dans le salon, assise dans son fauteuil favori avec un martini sec dans sa main gauche pendant qu'elle tapotait une cigarette sur le cendrier avec l'autre. « Je voudrais éviter les malentendus. Si vous n'êtes pas d'accord avec mes intentions, nous aurons le temps de résoudre vos remarques. » Elle avalait lentement la fumée de sa cigarette.Elle fumait depuis des années, malgré nos efforts pour la convaincre d'arrêter. Elle avait déjà 67 ans mais me donnait au-cune indication qu'elle pensait changer ses habitudes. « Je compte distri-buer tous mes objets personnels – bijoux, porcelaine, livres et tableaux – à chacun de vous selon vos souhaits. Je dresserai une liste et vous pouvez choisir les choses que vous aimeriez avoir. Je sais que vous êtes déçus qu'il n'y ait pas de distribution pour vous maintenant, mais c'est ainsi qu'oncle Jack a rédigé le testament de votre père. » Elle buvait encore de son martini sec.

Le testament de notre père donnait la totalité de sa fortune à maman, sans nous mentionner sauf trois trusts à alimenter après son décès. En plus, elle était nommée exécutrice testamentaire, qui lui permettait de prélever des émoluments directement de l'héritage au lieu de ne prendre que le revenu annuel des fonds. C'était un bon testament, protégeant le capital et minimisant les impôts, mais il laissait une grande déchirure dans la famille. La déception ressentie par mes sœurs n'était pas uniquement matérielle ; elles étaient gênées par le manque de geste de la part de Papa, comme s'il avait oublié de leur donner un cadeau d'anniversaire ou même une carte ! Avec son style de vie, maman était bien capable de dépenser la plus grande partie de l'héritage, laissant très peu pour nos trusts.

Maman s'est levée et alla lentement vers la cuisine pour préparer notre dîner. Dès qu'elle fut partie, ma jeune sœur, Eva, dit : « Ce n'est peut-être pas important pour toi, mais pour nous… » elle haussait ses épaules. Elle avait trois ans moins que moi et travaillait dans l'administration de la ville, un poste qui n'offrait pas beaucoup de confort financier.

« Je sais que tu n'es pas riche, mais comparée à nous… » ajoutait ma sœur ainée, Linda. À 50 ans, elle finalisait son divorce. Ses deux fils étaient déjà à l'université. Ce qu'elle disait était vrai. De nous trois elle avait le plus besoin d'argent. Je pensais aussi que le testament aurait pu envisager au moins des sommes modestes pour nous.

À table chacun s'installa à sa place traditionnelle. Maman m'offrit la place de papa, mais je l'ai déclinée. Nous avons levé nos verres à papa et j'ai récité, imparfaitement, un de ses aphorismes favoris. Nous avons raconté des anecdotes de la vie de papa. La cuisine était très bonne, comme d'habitude, et l'ambiance très conviviale. Je crois que tout le monde comprenait qu'il fallait un peu de patience en attendant le testament de maman.

J'ai conduit Linda chez elle et en arrivant elle disait : « C'est stupide d'être déçu par quelque chose comme ceci, mais j'aurais apprécié une distribution même modeste. Nous avons été oubliées. C'est comme si nous n'existions pas. En plus, elle a hérité de ses parents et elle n'en a pas vraiment besoin. »

« Je le sais. C'est dommage de l'avoir fait de cette manière. J'aurais souhaité un testament plus juste, ou au moins d'avoir influencé les choses. »

« Je ne comprends pas pourquoi tu n'as pas pu, continuait Linda. De nous trois elle a le plus confiance en toi. Tu es le fils qu'elle a toujours voulu. Tu as sûrement su que Papa n'avait pas de testament. »

« Je ne l'ai compris que quand c'était trop tard, quand oncle Jack disait qu'il aller en préparer un. Tu sais bien comment était papa. Nous n'avons jamais parlé de choses comme cela. » Notre père ne parlait jamais de ses affaires personnelles et il montrait peu d'émotion sauf quand il entendait une bonne blague ou une remarque agile. Il racontait peu d'histoires de sa jeunesse, ou même de sa vie professionnelle. Tout ce que nous en connaissions nous l'avons appris de nos cousins.

« Nous pensons cependant que tu aurais pu faire quelque chose ! » La voix de Linda montait, et j'ai compris qu'elle avait déjà discuté avec Eva. Pensaient-elles que j'avais comploté contre elles ?

« Dis-moi ce que j'aurais pu faire ! Quand papa a signé le testament il était à peine conscient. Je pensais à ce moment qu'il savait que c'était la dernière chose qu'il allait faire. »

« Mais ils t'ont laissé seul avec lui. Tu n'as pas demandé ce qu'il voulait ? » Il y avait de l'accusation dans le ton de cette phrase.

« Oui, bien sûr je l'ai demandé. Ses yeux étaient ouverts et il semblait avoir compris. Mais il n'a pas répondu. »

« Mais tu aurais pu simplement descendre et leur dire que tu n'étais pas d'accord. »

« Tu rêves ! C'était impossible. Ils allaient remonter et lui demander encore. Il n'aurait pas répondu et ils auraient simplement dit que le testament était signé. En faisant ça, j'aurais aliéné maman ; j'aurais suggéré qu'elle nous trompe. »

« Tu ne crois pas que c'est ce qu'elle fait ? »

« Non ! Pas de tout ! » Ma voix montait aussi. J'étais énervé. « Et même si je le croyais, je ne vais pas risquer la destruction de ce qui reste de notre famille pour une question d'argent. »

« Tu ne comprends pas. » Linda commençait à plaidoyer. « Maman a 67 ans et j'ai déjà 50 ans passé. Avant qu'elle ne décède je serai vieile, si je vis encore ! Toi et Eva, vous allez probablement recevoir quelque chose et être toujours capable d'en profiter. Moi pas. »

« Et alors ! Tu parles comme si l'héritage de papa était énorme. Ce n'est pas le cas et tu le sais. Les montants que nous aurions pu recevoir maintenant auraient pu être utiles, mais sûrement pas assez pour changer nos vies. »

Je voyais que Linda n'avait pas de réponse. Après un moment, son visage s'éclairait et sa voix prenait un ton plus optimiste. « Tu as un vieil ami de l'université – Tom, je crois. C'est un bon avocat, n'est-ce pas ? Pourquoi ne pas lui en parler ? Il pourrait nous suggérer quelque chose. »

« Jamais ! D'abord, Tom est un ami et je ne veux pas qu'il soit mêlé à nos disputes familiales. Et si nous contestons le testament nous pouvons tout oublier : maman, la maison où nous avons tous grandi et les dîners familiaux. Tout ! Elle ne nous parlera plus jamais. Et, imaginons que nous gagnons un jugement d'ici quelques années, l'avocat va prendre la plus grande partie. »

Notre conversation était arrivée à une impasse et je disais à Linda que cela n'avait pas de sens de continuer. « Restons-en la, ai-je dit. Il nous faut du temps pour réfléchir. Je dois rentrer. Il est tard. »

Presque cinq ans se sont écoulés depuis le décès de notre père. Je m'entends toujours avec mes sœurs, mais nos relations ne sont plus les mêmes. Nous ne nous voyons pas très souvent. Notre mère n'a plus jamais parlé de son testament et personne n'ose aborder le sujet. Maman est toujours en bonne santé. Elle voyage régulièrement – elle vient de rentrer d'une longue croisière – et elle nous invite régulièrement, avec nos enfants, à passer les fêtes à la maison. Linda ne vient que rarement, même si ses fils participent. Je crois qu'entre temps nous avons tous oublié la fortune de notre père. C'est dommage qu'il n'ait pas pu dépenser plus lui-même, et peut-être mieux profiter de ses dernières années. Mais c'est souvent comme ça.

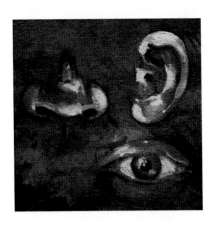

Le fils de son père

Coïncidence ? Peut-être le destin ? Certes, si sa lettre avait été envoyée quelques jours avant ou après, je ne l'aurais probablement pas reçue. Mais l'histoire de la science connaît pas mal de découvertes qui dérivent directement de coïncidences, d'accidents, de hasards purs et simples.

Depuis le décès de ma femme en février dernier, je me suis replongé dans mon travail. Je n'ai pas eu envie de prendre de vacances cette année ; c'est normal, je crois, pour quelqu'un qui a toujours voyagé avec sa femme pendant presque trente ans. Chacun de nos enfants a sa propre vie et, malgré leurs invitations, j'ai préféré rester ici tout l'été. Cela explique pourquoi j'étais presque tout seul dans notre département pendant la première quinzaine du mois d'août.

Je suis professeur et, jusqu'à la fin de l'année, chef de la faculté de biologie et génétique ici à l'université. Les communications qui viennent de l'extérieur et sont adressées à la faculté arrivent directement au secrétariat, puis elles sont distribuées à mes collaborateurs selon leurs compétences. Je reçois un bref compte rendu des communications lors de notre réunion hebdomadaire. De toute façon, comme je pars à la retraite dans quelques mois, on ne m'envoie plus beaucoup de correspondance. Pendant ces deux semaines j'ai reçu presque toutes les communications et j'ai lu une lettre intéressante.

La lettre en question, envoyée le 9 août, le jour de l'anniversaire de mon père qui aurait fêté son centenaire cette année, demandait simplement un entretien avec une personne compétente afin de discuter d'un phénomène génétique. L'auteur de cette lettre reconnaissait dans sa première phrase qu'elle ne faisait pas partie de la communauté scientifique, mais qu'elle était persuadée que ses observations méritaient un entretien.

Elle s'est présentée à mon bureau dix minutes avant l'heure convenue. Elle était plus ou moins comme je l'avais imaginé : taille moyenne, expression sérieuse, énergique, une jolie brune avec des yeux bleus et cheveux courts. Elle portait une mallette en cuir brun. Elle me semblait trop intelligente pour me déranger avec une question sur l'une des maladies génétiques classiques. Pourtant quand elle a commencé à dire : « Professeur, j'ai un beau garçon de trois ans et demi... » c'est exactement ce que j'ai pensé.

« ...mais, a-t-elle continué, il ressemble très fort à mon ex-ami. C'est ça qui est bizarre. Je n'ai pas eu de relations avec lui depuis plus que six ans. Mon garçon ne peut pas être son fils, mais je suis presque convaincue qu'il est vraiment son fils ! Je ne sais pas comment l'expliquer. Ça ne peut pas être vrai ! Et pourtant... »

Une fantaisie ? Un désir profond ? L'un l'enfant de l'autre. Ça semblait facile à interpréter. Mais j'ai senti qu'elle avait longuement réfléchi avant de nous approcher. J'ai pensé à Einstein, qui disait : « La fantaisie est plus importante que la connaissance, parce que la connaissance est limitée. »

« Je sais, a-t-elle ajouté, que vous pouvez implanter des gènes spécifiques à certaines espèces dans les cellules d'autres espèces de plantes et d'animaux à l'aide d'un virus. »

« Effectivement, Madame, ces techniques sont pratiquées depuis des années. »

« Mon ex aimait dire, en rigolant, que nos virus se connaissaient très bien. Il disait souvent cette phrase, elle faisait partie de notre intimité. »

« Vous voulez dire, Madame, que pendant votre relation avec cet homme il vous aurait transféré une partie de son matériel génétique ? Et que, quelques années plus tard, votre fils aurait ainsi pu présenter certaines caractéristiques de votre ex-ami ? »

« En effet, oui. J'en suis même presque certaine ! Autrement, comment expliquer la ressemblance ? Regardez ces photos ! » Elle avait déjà sorti de grandes photos de sa mallette et elle les rangeait maintenant sur mon bureau. La ressemblance entre le garçon et l'ex-ami m'a étonné… les yeux, la bouche, le menton… l'aspect du petit était le portrait craché de cet homme.

Elle interrompit le silence. « Je sais exactement ce que vous pensez, Professeur. Mais je ne l'ai même pas vu depuis plus que cinq ans maintenant ! J'avoue que j'aurais beaucoup aimé faire un enfant avec lui, mais ça ne s'est pas fait. Il n'a pas voulu à l'époque. »

J'ai été très tenté de lui demander pourquoi. Je n'ai jamais compris les hommes qui refusent de faire un enfant à une femme qui les aime. Bien sûr, parfois les histoires ne sont pas si simples, mais…

« Votre ex a-t-il vu ces photos? Est-ce qu'il a rencontré votre fils ?

« Non. Comme je vous l'ai dit, je n'ai plus aucun contact. Mais le "père" de mon fils a vu des photos de mon ex. »

« Vous voulez dire… »

« Il y a un an, il a commencé à douter. Puis il m'a accusé d'avoir fait l'enfant avec mon ex. J'ai proposé qu'on fasse des examens génétiques, mais il a refusé. Il ne voulait même pas en parler. Il est convaincu que je l'ai trompé et que ce garçon n'est pas le sien. Il nous a quitté en décembre passé. »

Est-ce que l'enfant est le fils de son ex-ami suite à une dernière liaison qu'elle essaie maintenant d'oublier ? Ou bien, elle n'a vraiment pas revu son ex, mais elle a simplement imaginé l'acte avec lui ? J'ai entendu une fois que la réalité n'est que la fantaisie répétée assez souvent. Pas mal de vérités d'aujourd'hui ont commencé leur vie comme représentations imaginaires, parfois même comme mensonges, et pas uniquement dans le monde politique. J'ai pensé expliquer que même si quelques gènes ont été implantés par la méthode qu'elle a suggérée, le nombre nécessaire pour produire une caractéristique exprimable – un nez ou une bouche, par exemple – dépasse une probabilité imaginable. Je me suis rendu compte que pendant ces quelques minutes de réflexion mon regard s'était perdu du côté du parc que je voyais devant mon bureau. Le vent faisait voler les feuilles des chênes et des érables devant ma fenêtre. J'ai senti qu'elle m'observait et j'ai dit : « Excusez-moi, Madame. À mon âge, les réflexions prennent parfois une force indépendante de notre volonté. Je ne vous avais pas oublié. »

« Il y a des moments où je crois que je deviens folle. »

« Non. Je ne crois pas. Votre cas est, effectivement, très intéressant. Je partirai à la retraite dans quelques mois, mais je garderai mon bureau ici et un laboratoire et je poursuivrai mes activités de chercheur. Je voudrais examiner ce phénomène plus profondément. Qui sait ? Notre expérience nous amènera peut-être à des découvertes extraordinaires. Nous aurons sûrement l'occasion de rester en contact. Il est très beau, votre fils. »

La cave

« Scandaleux! »

« Oui, mais quoi faire? Il n'y a pas de traces. »

« Tu veux dire qu'ils sont partis comme ça avec plus de deux cents bouteilles ? »

« Ils ont sans doute une grande camionnette. »

« Mais cet immeuble a sûrement un système de sécurité... et des concierges. »

« C'était le week-end de l'Ascension. Ils savaient que la plupart des résidents étaient à la mer, et probablement les concierges aussi. De toute façon, il s'agit de professionnels. C'est sûr. »

« Incroyable! »

« Mais oui... et en plus ils n'ont pris que les grands vins... Latour, Lafitte, Cheval Blanc. Ma tante avait une belle cave. Comme elle ne reçoit plus beaucoup depuis le décès de mon oncle, il restait beaucoup de vins des années 70 et 80. »

« Mais qu'est-ce qu'ils font avec ces grands vins? Ils doivent les vendre quelque part. »

« Bien sûr. On dit même que certains vols sont faits sur commande. Ils connaissent le contenu de la cave et il est vendu à l'avance à quelqu'un. »

« Des marchands ? »

« Peut-être, mais on croit plutôt que ce sont des personnes privées qui ont les moyens. Je suppose que il est intéressant d'acheter ces vins au tiers du prix. »

« Absolument scandaleux ! »

« Et ça se fait de plus en plus. Il y a beaucoup de caves cambriolées aujourd'hui, plus que vous ne croyez. »

Cette histoire que notre ami James racontait m'a fait penser à ma cave. Elle est certes plus modeste que celle de sa tante, mais j'ai pas mal de très bons Médoc, et quelques grands Margaux et Saint-Estèphe. Je suis souvent parti en voyage d'affaires ou engagé dans de longues courses à voile, et ma femme passe presque toute l'été avec nos enfants dans notre maison de Provence.

Oui. Et à part mes amis, combien de personnes savent que j'ai une bonne cave ? Certaines relations d'affaires, bien sûr, et nos domestiques, mais aussi tous les corps de métier qui ont travaillé aux rénovations de la maison l'année passée. Ça fait pas mal de gens.

« Oui, mes amis » disait James en nous quittant, « il vaut mieux boire vos bonnes bouteilles vous-mêmes. Ça ne sert à rien de les garder quinze ans dans votre cave. That's the moral of the story, mes chers amis. »

Je commençais tout de suite à liquider mes plus vieilles bouteilles. Même si ma femme n'est pas aussi passionnée par le vin que moi, je servais des grands vins presque tous les soirs à table. J'ai aussi amené à mon bureau une caisse de Château d'Issan 87 à déguster comme apéritif avec ma maîtresse. Nous passons ensemble quelques heures très agréables tous les mardis et jeudis en fin de journée. Elle s'appelle C et aime aussi les vins de Bordeaux. C'est notre habitude de commencer par un verre à l'aise ; nous avons tous les deux une vie professionnelle assez stressante – elle est chef de cabinet dans un de nos ministères.

Malgré tout, je sentais que ma cave était sur une liste quelque part. Je pensais qu'un jour en rentrant de voyage je la trouverais vidée. Mais je voulais savoir qui comptait profiter de mes bons vins.

Alors avec une seringue fournie par mon dentiste, j'ai injecté quelques millilitres d'une solution toxique dans une dizaine de bouteilles de quelques bons châteaux. Bien sûr, j'ai marqué chacune de ces bouteilles en effaçant de l'étiquette la lettre «u» du mot «cru».

Je n'ai pas dû attendre très longtemps. Ma femme est partie en Provence à la fin du mois de juin avec nos enfants. Quant à moi, j'avais prévu de passer un long week-end avec C à Londres avant de rejoindre mon équipage à Lymington pour le départ de la course Cowes-Saint-Malo le vendredi suivant.

Quelques heures après notre arrivée à Saint-Malo (nous avons gagné dans notre classe), mon voisin, le docteur T, me téléphone sur mon portable et m'annonce que la porte de mon garage été forcée la nuit précédente. Il avait fait un rapide tour de la maison, dont il a les clés, et n'avait pas vu de traces évidentes d'un vol. Je le remerciai. Je savais qu'il n'avait pas été voir la cave. À mon retour, comme je m'y attendais, je trouvais la porte de ma cave à vin arrachée.

Pendant tout l'été j'avais dépouillé la presse quotidienne et écouté attentivement le journal télévisé, ce que je ne faisais jamais auparavant (rien ne m'intéresse moins que la politique vénale de notre pays).

Au début du mois de septembre j'ai vu un petit article qui annonçait le décès du Sénateur M le lendemain de son 82ème anniversaire. Peut-être avait-il pris quelques verres d'un bon vin pour fêter ça. Mais il vivait seul, il était vieux et aucun détail supplémentaire n'était donné.

À peine une semaine plus tard un reportage du journal télévisé traitait de l'empoisonnement de trois membres du corps diplomatique d'un pays de d'Amérique du Sud. Il s'agissait d'un attaché militaire et deux assistants ; le premier était déjà mort et les deux autres en soins intensifs. Apparemment, cela s'était passé lors d'un dîner donné par l'ambassadeur pour fêter l'anniversaire de l'indépendance de son pays. Le JT parlait de viande contaminée, mais disait aussi que certaines personnes « bien informées » soupçonnaient le service secret d'un pays voisin, voire éventuellement un groupe d'extrémistes. Aucune mention du vin…

Mardi passé, C me présente une bouteille de Château La Lagune 1989. « Mon amour, c'est moi qui offre le vin aujourd'hui ! Que penses-tu de cette bouteille ? »

« Où l'as-tu achetée? » J'ai commencé à l'ouvrir tout en louchant vers l'étiquette.

« Je ne l'ai pas achetée. Elle vient de mon patron. » Elle était vraiment ravissante dans sa petite jupe jaune qui captait les derniers rayons du soleil traversant la grande fenêtre de mon bureau.

« Ton patron ? »

« Oui. Ce soir, il y a un dîner ministériel ; il m'a dit qu'il offrait les vins de sa cave privée. »

« Merci, ma beauté. 1989 est une très bonne année ! Il doit avoir une très belle cave. » J'ai reniflé le bouchon. « Oh, quel dommage ! Il est bouchonné ! Vraiment quel dommage ! »

« Je suis désolée, mon amour, vraiment désolée. Pour une fois que je t'offre une bouteille… »

« Ce n'est rien, ma beauté. Ça peut arriver, tu sais. C'est l'intention qui compte. »

Les associés

« Je n'en peux plus! Je sens que je vais craquer... » En traversant mon
cabinet en direction du grand fauteuil, madame P commençait déjà
à pleurer. « Je ne tiens plus ! » s'exclamait-elle.

« Calmez-vous, madame. Nous avons le temps de discuter de tout bien
à l'aise. » Je me suis précipité pour l'aider à s'asseoir.

« Excusez-moi, Maître. Mais c'est trop ! » Elle pleurait encore, en
s'essuyant les yeux avec un mouchoir. Je l'ai aidé à s'asseoir dans
le fauteuil et j'ai appelé mon assistante, mademoiselle G, qui lui apporta
un verre d'eau et d'autres mouchoirs.

Je suis avocat. Je traite souvent les divorces et ce n'est pas exceptionnel
qu'une nouvelle cliente arrive dans un état de détresse. C'est tout à fait
compréhensible : elles vivent des situations très difficiles.

Comment exprimer l'émotion qu'on ressent quand une très belle femme
pleure devant vous, vulnérable, apparemment victime d'une situation
profondément injuste et insupportable ? Je me suis excusé un instant
et je l'ai laissée avec mademoiselle G pendant quelques minutes. Je suis
sorti et j'ai réfléchi sur son cas, sans oublier, je dois l'avouer, sa beauté.

C'était ma toute première réunion avec madame P, mais je connaissais
déjà les éléments principaux de son cas. Ils m'ont fait penser immédiatement à une affaire que j'ai traitée il y a une vingtaine d'années.

Très célèbre à l'époque et maintenant presque complètement oubliée, plutôt effacée, ce fut en effet cette affaire qui a lancé ma carrière. C'était une affaire exceptionnelle. Ce n'est pas tous les jours qu'un des plus grands avocats du pays avoue le meurtre de son client. Et pour le défendre il m'avait choisi moi, qui débutait dans la profession.

Je me souviens très bien de ce premier entretien avec maître J, mon nouveau client, à la prison de S - P. « Vous connaissez déjà tous les détails de mon dossier, je crois, » m'avait il dit avec un large sourire. « Maintenant je dois juste vous raconter le reste. » Il parlait avec une grande sérénité, comme s'il n'avait pas le moindre souci, comme si tous ses problèmes étaient bien loin derrière lui.

Effectivement, tout le monde connaissait les grandes lignes de son histoire, que tous les médias avaient racontée avec force détails pendant des mois. Au départ il y avait un couple vedette – lui un ex-footballeur, très célèbre et jouissant d'une grande popularité, elle mannequin et chanteuse. Ils avaient lancé une chaîne de boutiques de mode. À peine dix ans plus tard, ils possédaient plusieurs magasins à travers tout le pays, plus quelques-uns à l'étranger. Bien sûr, ils avaient aussi créé leur propre marque, bien acceptée par leurs clients. Ils étaient d'inséparables associés. Intelligemment, ils avaient mis une majorité de leurs actions en bourse au bon moment, et les cercles d'affaires spéculaient sur une éventuelle OPA par une des grandes sociétés du secteur.

Un peu plus tard, l'ex-footballer, Walter, décidait de divorcer et il engageait maître J, qui avait déjà défendu plusieurs clients célèbres avec succès.

Eh bien, un matin très tôt maître J, l'avocat en question et mon futur client, se présente au commissariat de police et annonce non seulement qu'il a tué son client, l'ex-footballeur Walter, et qu'il a également eu une relation avec sa femme, Céline. Finalement, il plaide non coupable en raison d'une « incapacité mentale momentanée » ! Cela n'étonnera personne, dans ces conditions, qu'aucune célébrité du barreau n'ait voulu assurer sa défense. C'est ainsi qu'il avait fini par me demander de le défendre.

« L'idée de mon client, l'ex-footballeur, était simple et brutale mais très efficace, » m'avait raconté maître J calmement dans sa cellule ce matin-là, il y a 20 ans. « Il avait une jeune amie, et naturellement il voulait divorcer de sa femme. Mais, chose beaucoup plus importante, il voulait d'abord l'écarter de la société et la forcer à vendre ses actions à bas prix avant l'éventuelle OPA. Il m'avait engagé pour son divorce. »

« Sa femme Céline était vulnérable – presque quarante ans, pas d'enfants, fille unique, et elle n'avait plus de famille proche. Mon client ne m'a jamais donné l'impression d'être très malin, mais il avait bien analysé les choses. Bien sûr, il s'agissait de millions. » Le visage de maître J esquissait un sourire, sans doute le reflet d'un souvenir agréable.

« Il a d'abord commencé par humilier sa femme devant les employés et les clients, la traitant d'incompétente et d'inutile. Il a poursuivi sa tactique pendant des mois. Finalement, un jour, pendant un défilé de mode, elle a craqué, hurlant des injures à son mari, aux employées, aux mannequins et même au public. Par la suite, il a fait savoir que sa femme souffrait d'une dépression nerveuse et qu'elle serait obligée de se retirer de la firme.

« Je devais rencontrer Céline pour présenter des documents – la séparation des biens, la demande de divorce et la proposition de la rente alimentaire, et le contrat de rachat des actions de la société. Je m'attendais, bien sûr, à une discussion dure en présence de son conseil, mais elle m'a reçu seule dans leur grand hôtel de maître.

« J'avais déjà vu Céline lors de réceptions et d'autres événements en ville mais je ne lui avais jamais parlé. Vous connaissez l'expression: « Belle de loin, mais loin d'être belle ? » Elle en était une merveilleuse exception, assise dans son salon cet après-midi-là : blonde, visage fin, de belles épaules d'une femme sportive. Elle portait un tailleur pantalon qui ne parvenait pas à cacher le galbe de ses jambes.

« J'ai entamé une brève introduction des documents, mais elle m'a arrêté tout de suite : « Je voudrais clôturer ce chapitre de ma vie la plus rapidement possible, » m'annonce-t-elle avec de la détermination dans ses yeux vert amande. « J'ai déjà fait une croix sur mon mari et sur notre histoire. Pendant des mois cette affaire m'a rendue complètement malade. J'ai couru d'un médecin à l'autre. Ce n'est que depuis quelques jours que je me sens de nouveau moi-même. » Elle s'est arrêtée, comme si elle en avait trop dit. Puis, elle m'a demandé : « Est-ce que vos propositions sont justes ? »

« La proposition de rachat des actions n'est pas très généreuse, ni la rente alimentaire, » ai-je répondu, sans doute touché par sa situation et sûrement aussi par sa beauté.

« Alors, je vais signer. Je vous fais entièrement confiance, Maître. » Elle a pris les documents placés sur la petite table à côté de son fauteuil et – sans les lire une minute – elle les a signés. J'étais étonné, mais ce n'était pas fini. Elle s'est levée et… elle m'a embrassé en pleine bouche. »

Pendant 15 minutes, maître J a raconté son aventure avec Céline avec force détails, parfois assez intimes. Quelle histoire ! Elle dura les sept semaines, entre cette première rencontre et le soir où il a tué son client, Walter. Amour, passion, fantaisie, aventure même… mais je ne voyais pas de bonne raison pour son acte. Je me suis demandé si j'avais mal suivi son récit, mais tout à coup il m'a regardé : « Il y a très peu entre l'amour et la folie. »

L'intensité de l'affection de Céline l'avait complètement détraqué. Il voulait quitter sa femme et ses enfants, arrêter son travail, partir au bout du monde et vivre avec elle. Et, contrairement à l'histoire conventionnelle, elle était prête à le faire.

« Il avait un revolver dans un tiroir de son bureau, » expliquait maître J. « Je le savais, parce que le jour où je suis revenu chez lui avec tous les documents signés, il l'a sorti en riant « J'aurais pu avoir mes actions encore moins chères. » Je pensai qu'il allait tirer quelques balles dans le plafond. Ce soir-là, il s'est absenté pour aller à la toilette, alors j'ai pris le revolver. »

Dieu sait si mon plaidoyer a été efficace ou si le tribunal a simplement trouvé quelque chose de convaincant dans l'ensemble de son histoire, mais il n'a eu que trois ans avec sursis. Il a été libéré peu après la fin du procès.

Aujourd'hui ils habitent ensemble aux Seychelles avec leur fils… J'ai oublié de dire que Céline était enceinte avant qu'il ne commette son acte, mais sans qu'il ne le sache, bien sûr. Je reçois des nouvelles régulières, étant donné que je suis le parrain du garçon ; et j'ai passé mes vacances plusieurs fois là-bas. Finalement, même si Céline avait accepté ce faible prix pour ses actions, elle a reçu son argent tout de suite, bien avant que les événements racontés ici et la chute de la bourse à l'époque ne mène la société à la faillite.

Presque dix minutes s'étaient écoulées, et madme P m'attendait, maintenant beaucoup plus calme. C'est fou comme elle ressemble à Céline, même si ses yeux sont bleus. Son dossier m'intéresse beaucoup.

Sa femme à Changshu

Je m'appelle Wang Li. J'ai 22 ans. Je viens d'un village dans la province de Shandong au nord-ouest de Shanghai, ville qui est peut-être plus facile à situer pour vous. Je n'ai pas beaucoup d'instruction, mais je suis jolie. Je suis venue ici à Changshu il y a trois mois pour travailler dans une boîte de karaoké, mais je ne suis pas une prostituée.

C'est vrai que je couche de temps en temps avec un homme rencontré au karaoké. Je demande toujours de l'argent, parfois beaucoup plus que je ne devrais. Parfois je suis choisie par un homme gentil et beau, et au cours de la soirée je commence à ressentir une émotion pour lui et bien sûr cela inspire une émotion chez lui. Oui, je sais qu'il pense à son amour lointain ou à la femme de ses rêves, et je vois dans ses yeux son effort de retrouver dans ma beauté – mes yeux, ma bouche, mon nez, mes jambes, mes seins – la forme et la présence de cette femme. Je sens son amour pour moi et je pense à une chanson qui disait : « Si tu n'es pas avec celle que tu aimes, aime celle avec laquelle tu es. » Et dans ce cas-ci, c'est moi.

Je lui sers à boire et je lui place des morceaux de fruits dans la bouche. J'allume son cigare ou sa cigarette. Je caresse ses bras ou ses mains ; et surtout, je le regarde, parce qu'il n'y a rien de plus beau que les yeux d'un homme qui aime. Et l'amour est la seule langue que je parle vraiment bien. Oui, et surtout la seule que je parle avec mes amours, parce que ce ne sont presque jamais des Chinois. Nos clients sont souvent les employers des sociétés étrangeres qui ont investi dans la zone industrielle près d'ici. Je ne parle que quelques mots d'anglais. Je peux dire « Hello.

How are you? » et « My name is Wang Li. What's your name? » et « You like? » ou « I like you very much. »

Vous lisez cette histoire grâce à un homme qui m'a aimé. Il était beau dans sa solitude. Il était beaucoup plus âgé que moi. Je pensais qu'il avait 40 ans, mais il m'a répondu en écrivant 50 sur un bout de papier. Je pensais qu'il plaisantait. J'ai difficile à estimer l'âge des « gros nez », comme nous appelons les Occidentaux. Il était fatigué, je l'ai vu tout de suite. Souvent il fermait ses yeux pendant deux ou trois minutes, même pendant que ses amis ou les autres filles chantaient. Chaque fois qu'il ouvrait ses yeux je voyais l'amour sortir de ses rêves, et je lui caressais la poitrine un peu plus fort et je frottais mes seins contre son épaule et je me disais: il ne voit que ma beauté, il ne sent que mon odeur, il ne voit pas mes origines, ma pauvreté, mon manque d'instruction. Il n'entend pas mon accent de paysanne de Shandong. Dans l'obscurité de cette chambre de notre maison de karaoké, il ne voyait pas mes vêtements, ni mes chaussures. Il ne voyait, parfois avec ses yeux fermés, que l'amour, et moi je le voyais aussi.

Quand ses amis ont commencé à se préparer à partir, j'ai pris la boîte d'allumettes qu'il avait emportée de son hôtel et j'ai prononcé lentement le nom de cet hôtel. Je sentais son envie dans mon ventre. Il me regardait. J'essayais d'imaginer la femme de ses rêves, peut-être petite comme moi, mais sûrement blonde avec des yeux bleus : la femme avec laquelle il voulait faire l'amour. Il me demandait et j'ai répondu : « You like ? » Nous nous regardions longuement. Ses amis se sont levés, cherchant leurs vestes et cravates. « How much ? » dis-je. Il me regardait avec un grand sourire, un sourire d'amour. Je ne comprenais pas sa réponse, mais je comprenais son sourire qui disait : « Combien veux-tu ? » J'ai hésité. C'est vrai, quand on aime on ne veut que donner le plus possible. Je crois qu'il a dit « As much as you like. » et j'ai compris que je devais encore doubler la somme. Il était si heureux. Je suis une femme simple. Pour moi 500 yuans c'est déjà de l'argent. Je gagne peut-être trois ou quatre mille yuans par mois, c'est plus que le salaire d'un ouvrier.

Plus il me regardait, plus je l'aimais et plus je me forçais à imaginer un chiffre plus élevé. J'ai écrit mille sur le bout de papier, mais j'ai vu qu'il était déçu. Me regardant droit dans les yeux, il a remplacé le « 1 » par un « 2 » et un sourire illumina son visage. Je sentais l'amour qu'il avait pour la femme de ses rêves : il voulait donner beaucoup plus.

Très tôt le lendemain matin, dans sa chambre, il m'a montré son argent. Il n'avait pas d'argent chinois. Ni de dollars. J'étais déçue, surprise. Je pensais que les gros nez avaient toujours des dollars. Il me montrait des billets suisses. « Switzerland. Very good money » disait-t-il, mais je ne connais pas bien les pays européens, sauf l'Angleterre. Je connais la livre sterling, mais je ne connais pas exactement sa valeur. J'étais confuse. Il a calculé sur un bout de papier la valeur en yuan de ses billets suisses, ces billets qui me semblaient bizarres avec leurs couleurs étranges. Je commençais à douter de mes sentiments pour lui, et pourtant c'était si bon d'être avec lui. Je sentais très fort la vigueur de son amour pour la femme de ses rêves, et pendant que je faisais l'amour avec lui je me suis transformée entièrement en cette femme. Pour une heure j'étais une blonde avec des yeux bleus. Mes jambes étaient plus longues et plus fines. C'était si bon. Il me faisait des choses qu'un homme ne fait que quand il aime vraiment une femme.

Mon père disait qu'au temps de son grand-père la seule valeur sûre était l'or. Bien sûr, c'étaient des paysans et ils n'avaient jamais possédé d'or, mais ils en avaient vu quelquefois dans les comptoirs des grands commerçants en ville. Les vieux billets qu'ils recevaient avaient parfois un rapport avec l'or, mais je ne l'ai jamais bien compris. Aujourd'hui, disait mon père, aucun de ces billets en papier ne mentionne l'or. Alors, comment savoir si un dollar vaut vraiment 8,3 yuans ? Et ces billets suisses, avec leurs couleurs bizarres et leurs portraits de gros nez laids. Pourquoi valent-ils autant de dollars ? Et pourquoi ce gentil monsieur qui m'a si bien aimé essaie-t-il de me convaincre de la valeur de ses billets avec tous ces calculs ? J'étais triste. Au début ce n'était qu'un simple chiffre qui exprimait son amour pour la femme de ses rêves. Et maintenant après notre nuit d'amour, ce que nous avons vécu n'était plus rien qu'un calcul de valeurs fictives. Non ! La seule valeur sûre, c'était notre amour, l'or qu'on ne voit que rarement dans la vie.

J'ai vu un billet de vingt livres sterling. Je l'ai pris aussi. Il a dit non. Je pensais qu'il commençait à perdre patience. Je sentais que je perdais mes yeux bleus et mes cheveux blonds et mes jambes fines. Il m'a regardé longuement. J'avais envie de pleurer. Soudainement il a pris tout le tas de billets, tous confondus, et il les a mis dans mon sac, avec un grand sourire. Nous nous sommes embrassés, et de nouveau j'étais blonde.

J'ai sorti une carte de mon sac et j'ai écrit mon nom en caractères mandarin et aussi en pin yin, et j'ai ajouté mon numéro de téléphone. En Mandarin je lui ai dit : « Je suis ta femme à Changshu. » Je suis certain qu'il a compris. Et nous avons ri ensemble.

Le combattant

Il était dix-neuf heures passées. La porte de mon bureau était ouverte et F me regardait. « Je vous dérange, professeur ? »

« Non. Entrez, s'il vous plaît. »

« Excusez-moi. J'ai une question. J'ai entendu que vous avez combattu au Vietnam. »

J'ai souri. Je suis professeur d'histoire et responsable pour des programmes de masters et doctorats. Chaque année j'entends cette phrase d'un de mes étudiants, souvent d'une jeune femme comme celle-ci, F, une de mes meilleures et, en plus, très jolie.

« On m'a dit que vous étiez officier dans la 101ème division de para-commandos, et que chaque trimestre vous… »

« Effectivement, chaque trimestre j'organise, avec quelques autres professeurs, une soirée de discussion sur la guerre et ses conséquences. Je peux vous avertir de notre prochaine soirée. Mais je n'ai jamais combattu au Vietnam. Je n'ai même pas été dans ce pays. J'ai fait mon service militaire pendant ces années-là dans la marine. En plus, comme je suis daltonien je ne pouvais même pas servir sur un navire. J'ai passé quatre ans au centre de recherche navale à Washington. »

Je ne sais pas qui a inventé cette histoire de mes exploits au Vietnam, ni comment ce mythe s'est propagé d'une année à l'autre. Chaque fois que nous organisons une soirée, je commence toujours par préciser que je ne suis jamais allé moi-même au Vietnam. Un de mes collègues qui participe aux discussions y était et a été blessé. J'ai rencontré beaucoup d'hommes qui avaient servi là-bas. J'avais aussi quelques amis qui ne sont pas revenus. J'ai entendu bien sûr pas mal de récits d'expériences vécues pendant cette guerre inutile et stupide. Parfois je raconte une histoire intéressante que j'ai entendue, mais je précise toujours qu'elle vient de quelqu'un d'autre. Malgré tout, chaque année un étudiant m'approche avec cette rumeur que j'ai combattu au Vietnam. Pire encore, certains disent que j'étais un vrai héros de la guerre.

Chaque année il y a une nouvelle classe d'étudiants qui croit que je suis un héros, un véritable homme d'action, courageux. Je ne me considère pas plus courageux qu'un autre et surtout pas un héros. Eussé-je eté envoyé au Vietnam et vécu les combats, serais-je plus courageux, plus homme d'action ? Je n'en sais rien. Je n'étais qu'un spectateur de cette guerre.

Dans les années immédiatement après la guerre, quand j'ai commencé à enseigner ici à l'université, j'avoue que ma réputation fictive m'a mené à quelques liaisons avec des étudiantes. C'est à présent strictement interdit, mais dans le temps ce n'était pas exceptionnel. Plus je niais ces histoires imaginaires au sujet de mes exploits de guerre, plus l'intéressée en était convaincue. Mon obstination à corriger cette image de combattant était interprétée comme de la modestie et renforçait la fausse idée que j'étais un héros.

Ces liaisons étaient inspirées principalement par mon aura de combattant courageux. Je sentais que l'attirance de la femme diminuait dès que cette aura perdait de son ampleur avec la familiarité. Je crois que si le vrai courage est peut-être inépuisable, l'imaginaire ne l'est pas.

Ce soir-là je pensais reconnaître quelque chose dans le regard de F. À l'instant j'ai pensé que c'était parce qu'elle était plus âgée que les autres. En effet, elle terminait son doctorat. J'essayais de me concentrer sur cette réflexion, mais j'étais distrait par sa présence.

« Vous savez que votre femme vous trompe ? »

Je souriais. « Vous l'avez vue en ville avec son amant ? »

« Non. Son amant connaît mon père. Il est venu avec votre femme a là maison récemment. Elle était très gênée quand elle s'est rendu compte que j'étais une de vos élèves. Je lui ai promis ma discrétion totale. Elle a dit que vous n'étiez pas au courant. »

Je riais. « Elle est la seule qui le croit. C'est sa façon de se déculpabiliser et ce qui la fait rester avec moi. » Sûrement ça, et l'inertie quotidienne. J'ai toujours cultivé l'idée que notre mariage, même presque fictif, était important pour ma carrière. Récemment j'ai réalisé que ce n'était qu'une expression de mon manque de courage.

« Vous n'avez pas d'enfants. »

« Je n'en voulais pas au début. Maintenant ça n'a pas de sens vu notre relation actuelle. Ma femme vous a dit quelque chose ? »

« Non, mais je l'ai senti. Elle est amoureuse de son ami. Ça se voit. »

« Oui. Je l'imagine. »

À l'instant où F était entrée dans la pièce sa présence avait peut-être exprimé ses intentions, comme si elle s'était déshabillée avant de dire un mot. Mais, comme je l'ai déjà indiqué, je ne l'avais pas tout à fait saisi. J'ai fermé la porte à clé. Il faisait déjà sombre. Elle m'attendait assise sur mon bureau. Nous avons fait l'amour sur le canapé, devant la fenêtre ouverte sur une vue splendide sur la ville et le fleuve.

« Vous n'avez jamais pensé quitter votre femme ? »

« Je n'en ai pas le courage. Ou je suis paresseux. »

« Ce n'est pas la même chose ? »

« Combattre sans péril, c'est vaincre sans gloire. »

« Pourquoi citez-vous Racine ? »

« Parce que votre père veut me tuer, n'est-ce pas ? »
J'avais entendu parler de certains groupes de vétérans que démasquaient ceux qui prétendaient à la gloire – soit de vrais vétérans qui ont simplement embelli leur carrière militaire en ajoutant des actes et des distinctions

imaginaires soit des hommes qui ne sont jamais allés au Vietnam. Le nombre de fonctionnaires, politiciens et professionnels dévoilés m'a frappé. La fréquence des menaces et des actes de violence contre ces « faux combattants » augmentait. Je savais que son père était vétéran, et je sentais qu'il était actif dans un de ces groupes.

« Peut-être. Il va essayer de vous menacer en tout cas. »

« C'est la raison pour laquelle vous avez fait l'amour ce soir ? »

« C'était vrai quand je suis entrée ici. » Nous étions toujours allongés sur le canapé, regardant les lumières de la ville et les étoiles. « Mais maintenant je crois que je vous aime. »

Il était vingt-deux heures passé quand je suis rentré. Ma femme m'attendait dans la cuisine. Ses yeux dévoilaient son état. « Quelle surprise ! » ai-je dit. « Tu ne rentres jamais avant moi. »

Elle pleurait. Elle m'a promis sa fidélité éternelle. Ma vie était en danger, disait-elle. Elle voulait effacer le passé et devenir une vraie épouse. Je n'écoutais pas vraiment. J'avais difficile à suivre ses exclamations. Mon esprit était occupé par mes propres réflexions, surtout au sujet de F et de mon avenir. Je ne répondais pas. Je lui ai offert un whisky en mettant ma main un instant sur son épaule. J'ai pensé lui dire que je voulais divorcer. F semblait avoir réveillé quelque chose en moi. J'avais envie de prendre un verre aussi, mais je me suis retiré dans ma chambre.

J'ai bien dormi. J'ai pensé à F. Je me suis levé tôt et en voyant l'aube spectaculaire, rouge-orange, et j'ai pensé à la vieille phrase des marins: « Ciel rouge le matin, mauvais temps attend le marin. » Oui, peut-être une vie mouvementée devant moi. Je pensais à un divorce, F, et l'avenir. Quinze minutes plus tard le ciel était clair. Je me sentais bien. Je me sentais bien. J'ai décidé de monter mon cheval quelques heures et de revenir plus tard chercher mes affaires.

Le diagnostic d'Aladar A

« Ouf ! Mon Dieu, au moins ce n'est pas un cancer ! » Surpris par la force de sa propre voix qui résonnait dans le carrefour où il se trouvait, Aladar A sentait une vague d'embarras monter, puis se tasser rapidement. Personne ne l'avait entendu. Le carrefour était vide. Il observa et évalua rapidement son reflet dans la vitre d'un magasin. Aladar A avait 59 ans, mais il s'imaginait plus jeune malgré ses cheveux presque entièrement gris. Son visage ne montrait pas de rides. Il était en bonne forme physique, pensait-il. Ses yeux bleu pâle louchaient dans la lumière éclatante du matin.

« Pourquoi ai-je crié ? » se dit Aladar A d'une voix moins audible. Puis il se tourna vers l'ombre et regarda sa montre. Il était 10 heures 45 du matin le 15 avril, un beau jour de printemps même ici à ce carrefour derrière la clinique. « Heureusement que je suis sorti par ici et pas par la sortie principale. »

« Ça n'a pas duré longtemps. Peut-être vingt minutes, » continuait-il à monologuer. Il traversa la rue et marcha lentement vers la place, restant sur le côté est de la rue pour éviter le soleil, maintenant assez fort. « Rien de particulier dans tout cela, » il parlait plus fort en approchant la place ou il espérait trouver une table à l'ombre devant un des cafés. « C'est vraiment normal ces jours-ci. Un médecin dit que vous avez ceci ou cela.

Il y a des traitements, des probabilités et l'espoir que vous êtes une exception. » Il parla d'une voix plus basse en arrivant à la place, et il choisit une table et s'installa face au square comme d'habitude.

« Pas comme il y a quelques années. » continuait-il silencieusement presque sans bouger ses lèvres. « A l'époque, tu tombais et c'était fini.» Aladar A se rappelait son ami Charles, son ancien partenaire en tennis en double. Rentrant d'un voyage d'affaires un soir en juillet, il sortit de la salle des bagages à l'aéroport, embrassa sa fiancée et tomba mort devant elle. « Mon Dieu, tout le monde pensait qu'il était en parfaite santé. Il avait l'air super bien. Quel âge avait-il ? Quarante et un ou quarante-deux ? Mon Dieu. »

« Maintenant ils scannent, ils sondent. Ils auraient sûrement vu ces cinq millimètres d'artère prêtes à céder quand Charles sentait le corps ferme et réceptif de sa chère Penny pressé contre lui. Était-ce la rapide montée de sa tension sanguine qui accompagnait une dernière érection ? Aujourd'hui ils l'auraient averti bien à l'avance de sa faible artère. Ils auraient inséré un stent ou fait un pontage, ou peut-être traité avec les nouveaux médicaments puissants. Mon Dieu, il aurait pu être assis à côté de moi maintenant. Mais, Penny serait-elle restée avec lui ? Qui sait ? » Une chose est certaine, Aladar A songeait, que si Charles n'était pas décédé, Penny aurait vécu plus longtemps. Il pensait à elle un instant, comment elle semblait avoir veilli rapidement en quelques années. Elle avait perdu sa joie de vivre. Il se rappelait quand il a appris de son cancer du sein. Mon Dieu, peu après nous apprenions qu'elle était déjà partie. Comme ça ! » marmonnait-il inconfortablement et couvrait sa bouche.

Son double expresso arriva avec un verre d'eau. L'attention d'Aladar A était maintenant absorbée par deux femmes installées à une table devant lui, un peu à droite. L'une était une petite blonde, une quarantaine d'années, jolie avec un nez fin et les lèvres minces. Son amie assise en face d'elle, aussi blonde mais plus foncé, était plus grande, plus forte et un peu commune. Cette femme semblait écouter sérieusement comme si elle se préparait à offrir un conseil à sa jolie copine. L'ample poitrine de Madame Ecouteuse était généreusement exposée au soleil chauffant. Elle avait ouvert les boutons supérieurs de sa blouse et Aladar A perdit un instant le fil de sa pensée tandis qu'il se demandait si ses seins étaient le résultat de la nature ou de la technologie humaine. Finalement, ça n'a pas d'importance, se dit-il, prenant un cube de sucre brun entre le pouce et l'index et le plongeant dans son expresso avant de le mettre dans sa bouche. Il savourait la combinaison de l'amer et du sucré. C'était une habitude qu'il avait pris avec enthousiasme d'une nouvelle d'Isaac Singer. Chaque fois qu'il le faisait il voyait encore les deux hommes dans cette histoire – deux juifs polonais, survivants d'Holocauste, vieux amis finalement réunis – qui se penchaient l'un vers l'autre autour d'une table à Buenos Aires quelques années après la guerre. Quelle façon merveilleuse de fêter leur réunion, pensait-il : un cube de sucre brun trempé dans un expresso amer. L'accompagnement parfait pour leur émotions et souvenirs amers et heureux.

« Elle sait probablement que je les apprécie. » Il se demanda si elle allait diriger son regard vers lui. Un instant plus tard, madame Ecouteuse soupirait et, comme sur commande, se tournait vers lui avec un grand sourire. Aladar A souriait et essayait de capter son regard, mais le sourire de madame Ecouteuse passait à côté de lui. Il se tournait et remarquait derrière lui un grand homme, plus jeune avec des cheveux bouclés qui portait une chemise rayée bleu et blanc. Il reconnut un radiologue de la clinique. Dégonflé, ses pensées retournèrent à la consultation avec son médecin de ce matin.

« Comment est-ce qu'elle l'expliquait ? » se demandait-il. « Les résultats ne sont… » Non, c'était plutôt « Il n'y a pas de raison de vous inquiéter mais vous avez… » Non, ce n'était pas ça non plus. Elle n'a pas commencé avec « Je suis désolée mais je suis obligée… » Pourquoi ne suis-je capable de me rappeler ? » Perplexe, Aladar A laissait tomber un sucre brun dans sa tasse presque vide. Il le sortait avec sa cuillère, le mettait entre ses lèvres et le suçait.

« Soyons honnête, je fantasmais sur elle. » Il pensait encore à son médecin. « Grande, svelte, 'élégante', auraient dit mes parents dans leur temps pour décrire une femme professionnelle belle et bien éduquée, quand ce genre de femme était exceptionnel. Elle a presque mon âge.

Elle le disait pendant la première consultation, non ? » Sa fantaisie continuait. « Pas un cancer, mais c'est quoi alors ? » Aladar A luttait mais la source qui alimentait sa mémoire était épuisée. « Pas de cure, mais vous pouvez vivre avec. » il se rappelait-il vaguement. « Je suis un imbécile d'avoir rêvé d'elle. »

« Ah, j'ai une prescription dans ma poche. J'aurais dû penser à ça déjà, » le présent revenait brusquement. « J'irai toute de suite à la pharmacie en face et j'apprendrai ce que j'ai comme maladie. » Aladar A sentais un grand soulagement, presque narcotique, déferler sur lui. Il fit signe au serveur et lui demanda de garder sa table et apporter un deuxième expresso plus un verre d'eau. Il se leva et traversa rapidement le square vers la pharmacie pour chercher ses médicaments.

« Ceux-ci sont les vitamines, » disait la pharmacienne, un peu perplexe par sa question. Elle glissa la boite vers lui. « Ceci, » continuait-elle en écrivant « un par jour avant de vous coucher » sur la boite, « est un anti-anxiété assez doux. Si vous avez des difficultés pour vous endormir, ceci peut vous aider. Mais il ne faut pas les prendre plus de trois ou quatre jours de suite. Il est peut-être prudent de commencer avec un demi-comprimé. »

Aladar A retournait lentement, frustré, à travers le square et s'assit à sa table. Il remuait son nouvel expresso et prit un nouveau cube de sucre brun. Ses pensées agitées s'étaient ralenties. La petite blonde avait enlevé ses lunettes de soleil car le soleil s'était déplacé de quelques degrés vers l'ouest. Elle avait arrêté de parler et elle buvait son thé. Madame Ecouteuse parlait et faisait des gestes animés. Il regardait la petite blonde. « Parfait, » disait-il a lui-même. « Petite, mais parfaitement proportionnée. Qui pourrait l'améliorer ? » Il regardait toujours la petite quand elle se leva et approchait rapidement de sa table.

« Vous me regardez depuis longtemps déjà. Vous savez que c'est très impoli. Vous ne pouvez pas vous installer ici et regarder une femme comme ça. Les gens vont vous prendre pour un prédateur.
Je dois peut-être demander au patron de vous sortir. »

« Je m'en fous, » répondit Aladar A immédiatement. « Vous êtes la plus belle femme que j'aie jamais vue. »

« C'est bien mais comment pouvez-vous en être certain ? »

« Parce que je suis aveugle, » cria-t-il en levant ses mains en signe de soumission.

« Maintenant, qu'est-ce que le docteur a dit ? » demanda la petite blonde, un sourire sur ses lèvres fines.

« Je ne me rappelle pas exactement ce qu'elle m'a dit mais je pense que ce n'est pas très grave. Je ne devrais pas m'inquiéter. Je peux vivre avec. Elle a dit que j'allais sûrement mourir de quelque chose d'autre. »

« Tu ne changeras jamais, » elle rigolait. Elle se pencha et lui donna un long baiser sur sa bouche. « J'appellerai le docteur demain matin. »

L'anniversaire

Un autre jour je n'aurais pas réagi, mais aujourd'hui j'ai trouvé ça vraiment ennuyeux. À peine installée sur la terrasse de ce petit café dans la rue François Premier, à l'aise au soleil, et voilà, en face, droit devant moi je vois le nom de mon ex sur un énorme panneau publicitaire sur la façade d'un immeuble.

Son prénom n'est pas très courant, mais il est parfois également un nom de famille. Dieu sait, c'est peut-être la raison pour laquelle ce nom est choisi pour les objets les plus variés. Dans ce cas-ci, c'est une marque de vêtements pour enfants. J'ai constaté ce phénomène seulement après la fin de notre relation. Je me suis rendu compte que pendant nos années ensemble je l'ai rarement appelé par son nom – j'ai presque toujours employé des petites expressions d'affection. Cependant, il m'appelait toujours par mon nom, mais il le prononçait d'une manière très particulière. Notre fille m'a dit un jour – elle avait peut-être 9 ou 10 ans : « Maman, je sais que G t'aime parce que quand il t'appelle, ton nom est vraiment en sécurité dans sa bouche. »

Il me semble que depuis le jour où il m'a quittée, j'ai vu son nom partout : un restaurant pas loin de ma boulangerie, un bateau de pêche dans un petit port ou je vais souvent en été, un cabinet d'avocats à peine à 100 mètres de ma maison. Ils étaient tous là pendant des années, mais je ne les avais pas remarqués. C'est fou !

Comme aujourd'hui, c'est souvent un moment où je n'ai pas de tout envie de voir son nom que je suis obligé de me rappeler de G de cette manière. Croyez-moi, pas un jour ne se passe sans que je ne pense à lui. J'aime mes souvenirs de notre amour, de notre vie ensemble. Mais quand je vois son nom devant moi, comme aujourd'hui sur ce panneau, c'est comme si tout le monde voyait que je l'aime toujours, que je cherche toujours le bonheur que j'ai connu avec lui.

C'est le printemps, la saison de l'espoir, et « l'espoir fait vivre, » comme disait G parfois quand nous rêvions de notre avenir ensemble. Et Paris est la ville du printemps. C'est sans doute pourquoi j'ai voulu venir ici aujourd'hui. En plus, c'est mon anniversaire. J'ai cinquante-quatre ans. En sortant de mon bain ce matin, je me suis dit que j'étais encore bien. J'ai quelques rides sous mes yeux, mais mon corps n'a pas vraiment changé depuis des années. J'ai la chance d'être petite et sportive.

C'était la semaine passée que j'ai eu l'idée, tout à coup, de m'évader aujourd'hui. Mon mari – oui, je me suis remariée il y a deux ans – m'a vaguement proposé d'aller à Londres pour le week-end, mais je n'avais pas envie. Je suis allé souvent à Londres avec G, parfois pour mon anniversaire. Je voulais être seule. Sans plus.

« L'amour est un constant, » disait G un jour. « Comme la vitesse de la lumière, l'amour a toujours existé indépendamment de nous. C'est simplement notre devoir de le découvrir, de le comprendre éventuellement et en conséquence de le vivre comme nous pouvons. »

Je croyais qu'il parlait de notre amour, et qu'il voulait dire que cet amour resterait toujours constant jusqu'à la fin de nos vies. Quelque part je voudrais encore le croire aujourd'hui, même si nous ne nous sommes plus revus, et pratiquement plus parlé, depuis presque cinq ans. Mais, c'est aussi possible que je l'ai mal compris ce jour-la. Je me pose parfois cette question.

« Attendez-vous quelqu'un, Madame ? » J'avais vaguement remarqué qu'un jeune homme s'était installé deux tables plus loin. Une trentaine d'années, il n'était pas très grand, mais solide, un visage souriant avec un bon grand nez, et des cheveux foncés bouclés. Il m'a réveillée brusquement de mes rêves.

« J'en ai l'aire ? »

« Oui. Il me semble que vous attendez quelqu'un, ou au moins que vous rêvez de cette personne. »

« Qui a dit qu'on est toujours en train d'attendre quelqu'un ? Beckett ? »

« On a dit ça ? C'est peut-être vrai. »

« Et vous ? »

« Oui. J'attends ma fiancée, mais elle a souvent du retard. »

J'ai souri. Ça m'a fait penser à G. Il était souvent en retard au début de notre relation. Arrivant en courant, il m'embrassait encore plus fort afin de compenser. J'aimais ses habitudes.

« Ce n'est pas vrai, Madame. »

« Pardon ? » Son expression avait changé. L'incertitude avait envahi ses yeux.

« Ce que je viens de vous dire n'est pas vrai. Ma fiancée ne viendra plus. Nous avons rompu il y a deux mois, et nous ne nous parlons même plus. »

« C'est dommage. »

« Je viens ici parce que nous avons parfois pris un verre dans ce café. Elle a travaillé dans une boutique sur l'Avenue Montaigne. »

« Qui sait ? Il n'y a jamais eu de femme qui n'a pas changé son avis. Surtout quand il s'agit de sentiments. »

J'ai pensé à G et les années pendant lesquelles je n'ai pas entendu sa voix. A-t-il changé son avis entre temps ? Est-il heureux ? Est-ce qu'il sourit comme il a fait quand nous étions ensemble ? Je me dis toujours que je voudrais encore le voir ou au moins l'entendre, mais cette notion provoque une appréhension profonde et inquiétante.

« Il y a une chose qui me préoccupe, » disait le jeune homme après avoir allumé une cigarette.

« C'est quoi ? »

« Je crois que j'ai peur de la revoir. »

« Pourquoi ? »

« Je crains que mes émotions, surtout la perte que je ressens, sont liées à autre chose que l'amour. Ce grand vide que je sens dans mon cœur… est-ce que c'est elle ? Où est-ce que c'est autre chose qui me manque ? Suis-je faible ? Est-ce que je protège mes sentiments pour d'autres raisons ? Je me dis que je ne veux pas aimer une autre femme, mais je crois plutôt que l'instant où mon cœur sera pris par une autre… je ne sais plus. »

Un long silence est intervenu. J'ai bu mon thé. Il a allumé encore une cigarette et avec un geste il a commandé un deuxième café. Il a regardé le panneau publicitaire en face avec un air sérieux, comme s'il voulait l'améliorer. Je l'ai regardé aussi, mais cette fois-ci il m'a dérangé moins. J'ai pensé à une expression que j'ai lu quelque part : « Ton silence, il parle pour toi. » Ce long silence semblait parler pour nous deux.

« Vous n'habitez pas Paris, Madame ? »

« Non. Et je ne suis pas française. Cela s'entend bien, je crois. »

« Vous restez ce soir à Paris ? »

« J'ai pensé rentrer, mais je vais peut-être loger chez une copine. »

« Si vous restez, puis-je vous inviter à dîner ce soir ? »

« C'est une bonne idée ! »